穂高 明

夜明けのカノープス

実業之日本社

実業之日本社文庫

目次

カノープスとは……

冬の星座「りゅうこつ座」の一等星。
シリウスに次いで全天で二番目に明るい恒星。

1

何かを迷っている時、ひとしきり迷った後ふと顔を上げると、そこにはいつも水のある風景が広がっていたような気がする。

小学生の時、毎週土曜日に通っていた書道教室を本当は早くやめたくて堪《たま》らなかった。深呼吸してひと息に筆を運び、せっかく書き上げた字の上から、先生に朱墨を重ねられるのが嫌だったのだ。「はね」や「とめ」が直されて、私の書いた「青空」は、たちまち朱《あか》く滲《にじ》んでしまう。朱入れされた「希望」には、何の可能性も感じることができなかった。

お昼ごはんを食べ終えてだらだらしていると、母に早く支度するよう急《せ》かされる。いつもわざと遠回りをして時間を稼いでいたものだ。学校のそばを通ると、平日とは違って嘘《うそ》のようにしんとしている。硯《すずり》や文鎮の入った重い書道バッグを持った私は、校舎の陰にあるプールの横へ回り、ズックの先で小石を蹴った。やがてそれにも飽きてしまうと、所々錆《さ》びて茶色になったプールのフェンスに額を付け、すっかり緑色に濁って枯れ葉が浮いた水面を見つめた。

第一志望の高校に落ち、滑り止めとして合格していた、ふたつの学校のどちらへ入学するかを決めたのは、確か川沿いの堤防を歩いている時だったと思う。新しい高速道路が川に架かることになり、工事が進んでいた時期だった。長年親しんだ通学路の風景に、ある日突然、剥《む》き出しの鉄骨が現れた。ようやく暖かくなり始めた三月。穏やかな川面が春の日差しを受けてきらきら光る。その眩《まぶ》しさに私は堤防の上で目を細めた。烟《けぶ》るような午後の大気に、重機の鈍い音が響いていたのをよく覚えている。

教師になることを諦めた頃も、そうだった。落ち込んでいる私を励ますために、友人達が山へドライブに連れて行ってくれた。出店で買った玉こんにゃくを食べながら、みんなで眼下の湖を並んで眺めた。

――映子《えいこ》はホント、今までよく頑張った！　偉いよ！

そう言ってくれた友人の前歯に黄色い辛子が付いていたけれど、指摘することができずにいた。

そして今日、私は池の前にいる。

大学の構内とは思えないほど、ここはひっそりとした場所だ。池の周囲は歩道として整備され、時折、犬を連れた人やお年寄りの夫婦が通る。

私は古い木のベンチに腰を下ろした。

少し風があるようだ。水面の小さな波の群れは最初こちらへ向かってくるように見えたけれど、次第に向こうへ、そして横へと移動していく。ちょっと目を離している隙にその動きはどんどん変わり、池の中でうまく循環しているように見えた。

その小さな渦の中に二羽の鴨《かも》がゆっくり泳いできて、八の字の軌跡を刻んでいく。

——急にお腹《なか》が痛くなりました。

——頭痛がひどいので、今日はこれで失礼させて頂きます。

そんな言い訳を今朝から何度も考えていたのに、結局ここへ来てしまった。

水面を滑るように進む鴨を見ながら、まだ最後の言い訳を探していると、頭上で烏《からす》がひと際甲高く鳴いたのにハッとさせられた。思わず見上げた梢《こずえ》の間に、八月の空が覗《のぞ》いている。

——もうここまで来たら、覚悟を決めるしかないのかな。

そう思った時、ポケットの中の携帯が震えた。

「はい。藤井《ふじい》です」

「ああ、太田《おおた》だけど。ごめん、ごめん。やっと終わったよ。今ね、附属病院の正面入り口を出たんだ。ええと、ここから大講堂が見えるんだけど、それを突っ切って向こうに行けばいいんだよな?」

「ええ、そうです。じゃあ私も正門に向かいますから」

「了解」

電話を切ってから、私は半ば投げやりな気持ちで立ち上がった。

✦

大学卒業後、予備校講師のアルバイトと家庭教師をしながら試験勉強を続けたものの、四回目の教員採用試験も一次の筆記試験で落ちてしまった。自治体の刊行物でたまに見かける臨時講師の募集に応募しても、なかなか採用されなかった。

——そろそろ、これからのことをちゃんと考えなさいよ。

電話で繰り返し母に小言を言われるようになり、ついにこのあたりで断念することにした。

三社ほど面接を受けてから採用されたのが、今勤務している教育系出版社だ。国語の教員免許を持っているから、と最初に与えられたのは、小学校国語のドリル教材の仕事だった。しかし実際は原稿やゲラの誤字脱字チェックばかりで、企画内容に触れることは一切なかった。

一日の大半は電話の取次ぎやコピー、宅配便の宛名ラベル作成などの雑用で終わってしまうことが多い。中途入社の契約社員だから仕方ないと自分に言い聞かせているけれど、新卒の新入社員に「これ、すぐにコピーしてください」と急かされたりすると、言いようのない気持ちが溢《あふ》れてくる。

先日も、そうだった。

太田副編集長と井上《いのうえ》さんが打ち合わせをしているところへ、私は頼まれていた資料を持っていった。

「俺は絶対に、この先生に書いてもらいたいんだよ」

「でも、また断られたじゃないの。あー、他に誰か、いい人がいればいいんだけどねー」

二人のやり取りは編集部内に聞こえており、どうやら執筆を依頼している大学教授から良い返事がもらえない様子だった。

「藤井さんは国語だっけ？　じゃあ、こういう分野は知らないよねー」

井上さんがマニキュアの剝《は》げかかった爪の先で企画書を指差して言った。

そこにあった名前を見た瞬間、私の中の何かがパリンと音を立てて割れた。それは、幼い頃に封印したはずのものに突然出くわした瞬間だった。

井上さんが「どうせ、あんたに訊《き》いても無駄よね」と言わんばかりの表情だったので、思わず「その人、遠い親戚なんです」と口にしてしまったのだ。

✦

中庭の池から大講堂の前を横切って正門へ急ぐ。ハンカチで首筋の汗を拭っていると、間もなく太田さんが「いやあ、お待たせ」と駆け寄ってきた。

「お疲れさまです」

「もう参ったよ。届いていないって、あれほど言い張っていたくせにさ。机の隅に、封を開けていないうちの封筒が、そのまま置いてあったよ」

「そうですか。じゃあ『ばい菌バイバイ』は来月に間に合いませんね」

保健科副教材の監修を医学部の教授に依頼していたのに、何度電話で催促してもなかなかゲラが返ってこないので、とうとう太田さんは出向いたのだった。

「これだから、大学病院の医者は嫌なんだよなあ」

ぶつぶつ言い終えると太田さんは「さて、行くか」と背伸びをした。私は会社でプリントアウトしてきた構内案内図をかばんから取り出した。

「今日は同じ大学の中で打ち合わせが二つか。まあ、手間が省けたから良しとするか。ええと、部屋は総合文化棟。こっちでいいの?」

「はい」

歩き出してみると構内には学生の姿が極端に少なかった。夏休みの時期だからだろう。

大学生協のすぐそばにコンビニとチェーン店のコーヒーショップが並んでいた。

太田さんが「最近の大学って、学校の中に何でもあるんだなあ」と苦笑した。

「安川《やすかわ》先生の親戚って、頻繁に付き合いがある関係なの?」

「……いえ、もう長いこと会っていませんから……」

「ふうん。でも今まで断られていたのに藤井さんの名前を出したら、すぐオッケーが出たからさ。やっぱり、かわいがられているんだね」

かわいがられてなんかいませんよ。

そう心の中で言って、私はもう一度、手元の案内図を見るふりをした。

総合文化棟三号館に到着すると、太田さんが「ごめん。俺ちょっとトイレ行ってくる」と言ったので、私も何となく女子トイレに入った。

洗面所の薄汚れた鏡に映る自分を見る。

もうおかっぱじゃない髪の、薄く化粧をした今の私を見て、あの人はいったいどう思うのだろう?

十四年ぶりの再会。そんな綺麗《きれい》な言葉で、過ぎた年月を美化したくなどない。

視線を少し落とすと、鏡の四隅を固定している金具が、ひどく錆びていた。

✦

父が家を出たのは、私が小学六年生の秋だった。

その年の春を過ぎた頃から、父と母がよく言い合いをするようになった。最初は私の前ではなるべく避けていたようだったけれど、次第に夕飯の席でも母が声を荒らげることが多くなっていった。

原因は父の仕事のことだった。父が当時勤めていた歴史博物館を退職して、東京の大学で研究活動を行うことに母が反対していたのだ。父は市の職員として博物館で働きながら、専門誌にいくつか論文を発表していた。その業績が評価されて、東京の大学から講師の職を打診されたらしい。

大学院で歴史を専攻した父は、元々アカデミックな仕事に就くことを希望していたようだ。実際に博物館から地元の女子大へ派遣されて、非常勤講師として教壇に立つこともあった。結婚して家庭を持ち、若い頃からの夢を諦めていたところに、降って湧《わ》いた最大のチャンスだったのだろう。

夜、布団に入ってから、茶の間で言い争う父と母の声が聞こえてくる。私は白い枕カバーのレースをいじりながら、激しい口調で母が喚《わめ》くと両手で耳を塞ぎ、次の学芸会で演じる劇の台詞《せりふ》を小さく唱えてやり過ごした。

母は商売人の家に生まれたせいなのか、父の仕事を「お金にならない」と揶揄《やゆ》することがたまにあった。特にアルコールが入るとそれが顕著になった。

――歴史ぃ？　文化ぁ？　笑わせないでよ。何やかんや言っても、この世は結局、お金なんだから。

そんな時、父は黙ったまま茶の間から去り、奥の書斎へ籠《こも》ってしまうのが常だった。

まだ小学生だった私も「お母さんの言っていることは間違ってはいないけれど、たぶん全部は正しくない」と、さすがに内心悲しく思った。どうしてこの二人が結婚したのか不思議でならなかった。

実家が料亭を営んでいたので、母は比較的裕福な家で生まれ育った。結婚後に新居を建てた時も、その建築費用のほとんどを、母の実家からの援助で賄《まかな》ったのだと幼い頃から私は母に聞かされた。

——だから、この家は、お母さんの家なのよ。

ことあるごとに母は、そう豪語していたものだ。

敬老の日が過ぎて、小学校最後の学芸会の練習が本格的になったある日、学校から帰ると父の書斎からたくさんの本が消えていた。

その晩、父は戻らなかった。

✦

エレベーターを六階で降りて、廊下を進んだ果てにその研究室はあった。

「総合文化学部・芸術学科・芸術文化コース」と仰々しく書かれた立派なプレートの下に、まるで間に合わせのように「教授・安川登志彦《としひこ》」と、かすれた文字の小さなプレートが並んでいた。

かばんを持つ手に思わず力が入る。そんな私にはもちろん気付かず、太田さんはドアをノックした。

秘書の人が案内してくれた奥の部屋に入ると、窓からの日差しを背に黒いシルエットがゆっくりと立ち上がった。

「初めまして。すこやか出版の太田と申します」

「どうも、安川です」

ぼそぼそ呟《つぶや》くように話す声は昔と変わらない。

「この度はお忙しいところ、お引き受けくださいましてありがとうございます。先生はうちの藤井と、ご親戚とのことで……」

「ええ、まあ……」

名刺を差し出す太田さんから一歩下がり、私はなかなか顔を上げることができずにいた。あまりそうしていても不自然なので、思い切って「お久しぶりです」と頭を下げた。

「どうも……」

髪には白いものが交じり、顔に刻まれた皺《しわ》も増えていたけれど、背の高さと肩の広さ、そしてこちらをじっと見つめる目は、あの頃のままだった。

「……すみません。私は契約社員で、名刺は持っておりませんから」

想像していたよりもずっと冷静な口調で話せる自分に少し驚いた。

「ああ、そう。まあ、どうぞ」

椅子を勧められて、太田さんが早速企画のことを話し始めてからも、私は膝の辺りがざわざわしていた。秘書の人が出してくれたお茶をとりあえず口に含んでみたものの、逆に噎《む》せてしまう始末だった。

「ですから、今回は小学生を対象に、歴史の話題を集めた一冊を、ぜひ先生にご執筆頂きたいと思っているのですが」

企画書を広げた太田さんが、まるでちゃんと練習してきた台詞のようにペラペラ喋《しゃべ》っている。仕事を取ってくることでは編集部内の誰にも負けない、副編集長に相応《ふさわ》しい彼の手腕を見せつけられたような気がした。

父は手にした企画書にしばらく目を通していた。斜め向かいに座るその姿を、私はようやくまともに見ることができた。

講義やゼミがないからだろうか。水色のワイシャツ一枚にノーネクタイ、プレスの利いていないグレーのスラックス、素足に茶色の健康サンダルという、とてもラフな格好だ。足を組んだ時にちらっと見えた踵《かかと》は、角質が白く粉を吹いたようになっていた。

「お話はわかりました。でも、もっと有名な、それこそテレビに出ているような人が、他にたくさんいるでしょうに。どうして僕に？」

「先生は以前、新聞のコラムに正倉院の琵琶《びわ》について、お書きになっていましたよね？」

「ああ、確かに。何年か前に書きましたね」

「五、六年ほど前でしょうか。それを拝読して以来、いつかお仕事をご一緒させて頂ければと思っておりました」

「そうですか。それは、それは……」

父の顔に初めて少し笑みが浮かんだ。

その後は、太田さんのリードで話はどんどん進んでいった。

授業で扱うことのプラスα《アルファ》になるような歴史のこぼれ話。子供が思わず「ねえ、知ってる？」と友達に自慢したくなるような豆知識。堅苦しくない内容だけれど、図版はきちんとしたものを載せること。できれば来年の春には刊行したいこと。いろいろ確認し合って席を立つと、部屋に入ってから、もう一時間ほど過ぎていた。

「藤井と積もるお話もあるでしょうが、すみません、今日はこれで失礼いたします。

ではよろしくお願いいたします」

太田さんに倣《なら》って私も頭を下げた。顔を上げた時、ほんの一瞬だけ父と目が合った。私は慌てて「失礼します」と、もう一度お辞儀をしてから部屋を出た。

建物の外へ出て歩き始めるとすぐに、太田さんが「あのぎこちなさは何？」と怪《け》訝《げん》な顔をした。

「そうか。藤井さん、著者との打ち合わせって、これが初めてなんだっけ？」

私は答えられないまま、ずり落ちたかばんを肩に掛け直した。

「あ、もしかして、親戚とかじゃなくて、生き別れた父親とか？」

太田さんは「いくら何でも、そりゃないか」と笑ったけれど、私が変わらず黙っているのを見て、急に立ち止まった。

「え、何？　まさか、ビンゴ？」

「……実は私が子供の頃に、うちの両親は離婚したんです。父とはそれ以来、全然会っていなくて……。あの、他の人には言わないでください。お願いします」

「それはもちろんいいけど。そうか、藤井さん、若いのに結構苦労しているんだねえ」


太田さんは「こういう偶然って、本当にあるんだなあ」とため息をついた。

「ごめん。じゃあ今日、ここに来るの嫌だったでしょ?」

「いえ、そんな……。すみません。きちんとお話しするべきでした」

「いや、いいんだ」

私達はそのまま五分ほど歩いて地下鉄の駅に着いた。会社へ戻る電車の中で、太田さんが「本当はさ」と切り出した。

「藤井さんも入社してそろそろ一年経《た》つし、一冊ができるまでのひと通りの流れを把握してもらおうかな、って思っていたんだよ。ちょうどいい機会だしね。でも、そういう事情だと仕事やりにくいよなあ。どうする?」

私は「大丈夫です」と即答した。

「無理しなくてもいいけど……」

「いえ、やります。やらせてください。お願いします」

「わかった。じゃあ編集部に戻ったら、早速打ち合わせだな」

「はい」

父との気まずい再会で確かに頭の中はまだ混乱していたけれど、やっと中身のある仕事をさせてもらえる喜びの方がずっと大きかった。

「俺さ、安川先生に歴史のこと、どうしても書いてもらいたかったんだ」

「……そうですか。さっき新聞のコラムって言ってましたね」

「うん。読んだ？」

「いいえ。でも正倉院の琵琶って、あの有名な五弦琵琶のことですか？」

「そうそう。恥ずかしいんだけど、俺、そのコラム読むまで全然知らなくてさ。井上さんに『よくそれで今まで教材作ってたねー』って、思い切り馬鹿にされたよ」

私が「そんなことはないですよ」と言った時、電車の速度がぐっと落ちて、会社の最寄り駅に着いた。

✦

五年生になって学校で歴史の授業が始まると、父はよく私に立派な図録を見せてくれたものだった。教科書に載っている白黒の小さな写真よりも、父が持っている図録にはカラーのきれいな写真がたくさんあったので、私もそれを楽しみにしていた。

ある日、正倉院のことを習ったと言うと、父はいつものように書斎へ私を呼び、本棚から大きな本を取り出した。

「よく見てごらん」

父が指差した琵琶の写真を私は覗き込んだ。

弦を張った表面には、ラクダに乗った人間、木、鳥が、そして裏面には花の模様がびっしりと描かれていた。「きらきら光って、すごく豪華な細工だね」と私が言うと、父は「これは螺鈿《らでん》と言うんだよ」と教えてくれた。

「模様も立派だけど、それよりもすごいことが実はあるんだ。いいかい？　この琵琶、弦は何本だい？」

「ええと……五本」

「そう。これは世界でたったひとつ、正倉院にしか残っていない楽器なんだよ」

「そうなの？」

「ああ。今の琵琶の弦は四本なんだよ。だからこれは、ものすごく貴重なものなんだ」

　父は本のページを捲《めく》って話を続けた。

「シルクロードのことも習っただろう？」

「うん」

「これは中国のクチャという町にある洞窟の壁画だよ。この女の人は飛天っていうんだけど、ほら、ここ。何を持ってる？」

「これって……琵琶？」

「そう。ここを見てごらん。ちょっとわかりにくい写真だけど、この糸巻き、何個ある？」

「ええと、いち、に、さん、し、ご。五個」

「そう。そうすると弦は何本？」

「五本。あ、正倉院の琵琶と同じだ！」

「そうなんだよ。つまり正倉院は、クチャから始まるシルクロードの終着点なんだ」

「シルクロードの終着点……」

　私は父の言葉をうっとり反芻《はんすう》した。

行ったこともない国の砂漠にある町。暗い洞窟。遠い昔、その壁画に描かれた楽器が海を越えて、日本の奈良に残っている。

「お父さん、歴史って面白いんだね！」

興奮して叫んだ私を見て、父は「そうだな」と満足そうに笑った。

それなのに、父は私の前から姿を消したのだ。

2

教師になりたいと強く思ったのは、教育実習を終えてからだった。

それまでは「教員免許を取れるなら、とりあえず取っておこう」という程度の気持ちしか持っていなかった。自治体の教員採用試験の状況が今はとても厳しいことや、試験対策に時間を掛けなければいけないこともちゃんと知っていたので、民間企業への就職を当たり前のように考えていた。

教職課程の講義は所属学科の講義が終わった後、夕方遅くから始まる。最初は教室いっぱいだった学生の数は次第に減っていき、半年も過ぎると半分ほどになっていた。

「採用試験も受けないし、卒業の時に教員免許をもらえればいいだけだから適当でいいや、って生半可な気持ちでいる人に、教育実習は務まりませんからね」

真っ白な髪を後ろでひとつに束ねた教育学部の女性教授が、ざわざわする教室でぴしゃりと言い放った時も、私は「何とかなるでしょ」と呑気《のんき》に構えていた。

実習が始まったのは大学四年生の五月だった。大学三年生の冬から始めた就職活動の結果は散々で、まだひとつも内定が出ていなかった。本当は教育実習どころではなかったけれど、やはり教員免許を取って卒業しようと思ったのだ。

実習先は大学附属の共学の中学校だった。私は二年二組へ配属され、二年生全クラスの国語を担当することになった。

ほとんどの生徒がそのまま内部進学する学校なので授業の進度も遅く、のんびりしている雰囲気だった。

渡された国語の教科書には、私が中学生だった頃と同じ小説や評論、詩などがいくつか載っていた。指導担当教諭に「今週から、ちょうど新しい単元に入るのよ」と言われて学習指導計画書を見ると、そこにはとても懐かしい小説があった。

えびフライ。発音がむつかしい。舌がうまく回らない。都会の人には造作もないことかもしれないが、こちらにはとんとなじみのない言葉だから、うっかりすると舌をかみそうになる。フライのほうはともかくとして、えびが、存外むつかしい。

東京へ出稼ぎに出た父親が、お盆休みにお土産のえびフライを持って郷里の東北へ帰ってくるという内容の古い短編小説だ。

私の時もそうだったけれど、今の中学生に「えびフライは高級品」という感覚は、もっと理解できないだろうな、と思った。まさかこの小説が現在の教科書にも残っているとは思わなかった。

盆には帰る。十一日の夜行に乗るすけ。土産は、えびフライ。油とソースを買っておけ。

中学生だった私は、それを読んで、帰らない自分の父のことを想った。我ながら健気だけれど、父から手紙が届いていないか、郵便受けを一日に何度も覗いたりもした。

それまでは一緒に暮らしていたから、父から手紙をもらったことなど一度もなかった。離れて暮らし始めても、父が私のことを忘れていなければ手紙が届くかもしれない。そう期待したのに、結局手紙は一通も届かなかった。

教壇に立ち板書をしながら、そんなことを思い出して胸の奥が少しだけ軋《きし》んだ。

「まぁた、えんびだ。なして、間にんを入れる？　えんびじゃねくて、えびフライ。」

「そったらもの、食っちゃなんねど。それはドライアイスつうもんだ。」

「歯がねえのに、しっぽは無理だえなあ、婆っちゃ。えびは、しっぽを残すのせ。」

ちょっと太めの男子生徒が訛《なま》りの混じった会話文を上手に読むと、一斉に笑いが起こった。彼は幼稚園の頃から児童劇団に所属しており、ドラマや時代劇の子役も経験しているらしい。クラスメイトから「コヤク」という渾名《あだな》で呼ばれていた。

朗読が終わって、他の生徒が「よ！　さすが『コヤク』！」と拍手をすると、教室中に拍手が湧いた。国語の授業で新しい単元に入ると、彼はいつも教科書を朗読する役目を与えられるそうだ。

人より目立つことをして、それがいじめに繋《つな》がらないのかと思ったけれど、どうやらその心配はなさそうだった。最近の中学生が相手だからいろいろ覚悟をしてきたのに、何だか全体的におっとりしている生徒ばかりだった。

教師側から見えない、生徒どうしの小さな諍《いさか》いなどはもちろんあるのだろう。三週間足らずの短い実習期間のうちに私がそれを見聞きする機会がなかっただけかもしれない。それでもクラスの生徒達からは、あまりガツガツしていない、育ちがいい人特有の余裕すら感じられた。

「A大附属の生徒達のいいところは、そこなのよ。でもその分、競争心に欠ける子が多いのも事実なのよね」

実習日誌にサインをしながら、指導担当教諭がそう言って苦笑した。

他の学校へ実習に行った大学の同級生達の話を後から聞くと、やはり校風の違いが大きく影響するみたいだったし、たまたま私は運が良かったのかもしれない。英文科の友人はプリントの「虫垂炎　appendicitis」を読めず、生徒から「アペペ！」とからかわれたのが応えて、実習を途中でリタイアしていた。

最後の授業では生徒達に感想文を自由に書いてもらった。

クラスの生徒全員と直接会話することができなかったから、生徒達の文章を読むのはとても楽しかった。

制服のスカートがクラスで一番短く、ピアスをした派手な感じの女子生徒が「この人が書いた他の小説も読みたい。おすすめはありますか?」と書いてきたのは意外だった。

「うちのえびフライはレンジでチンするだけです。この主人公の男の子は、お父さんが愛情たっぷりに揚げてくれてうらやましいです」と、家庭の様子を窺《うかが》わせるようなものもあった。中には「全然面白くなかった」と正直に書いた生徒もいたし、名前だけで白紙のままの用紙もあった。

生徒それぞれにいろんな考え方や感じ方があって、みんなひとりひとり違う。その個性に直《じか》に触れることができるなんて……。

何だか教師の仕事が急に魅力的に思えてきた。

実習最後の日、クラスから寄せ書きをもらった。きっと担任の先生が生徒達に提案してくれたのだろう。そうわかっていても嬉《うれ》しくて、涙が出そうになった。色紙の中央には「藤井先生、頑張って本当の先生になってください!」と大きく書いてあった。

それを見つめているうちに私の決意が固まったのだ。

周囲の友人から次々に聞こえてくる「内定」の声に焦りながら、私は慌てて採用試験の勉強に取り掛かった。

結果は予想通り、一次の筆記試験で不合格だった。

教員志望の人は大学三年生の頃から試験勉強を始めている。大学の講義が終わった後や土日に、そのための予備校に通っている人もいた。そもそも、そんな人達に敵《かな》うはずがないのだ。

「あれほど言ったのに、文学部なんて行くから途中で変な気を起こしちゃったのよ。これが経済学部とかだったら、今頃いい会社に決まっていたかもしれないのに」

就職活動で完全に出遅れた私に母は呆《あき》れていたけれど「どこもダメだったら、あんた、こっちに帰ってきて、一緒にお店で働けばいいのよ」と楽観的だった。どうやら私に自分の仕事を手伝わせようと考えていたらしい。父が出ていってから、母は自分の兄が継いだ実家の料亭で仲居をしながら私を育ててくれた。

初めて母に「教師になりたい」と電話で告げた時、一瞬こちらを嘲笑《あざわら》うような声色が浮かんだのを私は聞き逃さなかった。

「学校の先生ねぇ。あんたは、そういう安全パイを好むところは父親に似たんだねぇ」

母と私はごく普通の親子だ。特に仲が悪いということもない。けれども父のことが絡んだ途端、母は人が変わったようになってしまう。何気なく二人で一緒にテレビを観《み》ていて、たまたま歴史の番組をやっていたりすると、母はものすごく不機嫌になる。

いつの間にか家では、父のことや、父を連想させることを口にするのは最大のタブーになっていた。

✦

地下鉄を降りてから急いで階段を上がっていくと、改札の向こうに携帯を片手にキョロキョロしているトマちゃんの姿が見えた。

私は「ごめん！　お待たせ」と駆け寄った。

「あー、映子ちゃん、良かった。私、場所間違えたかなって、不安で……」

「ほんとにごめん！　出がけに仕事を押し付けられちゃって」

「開演は何時なの？」

「ええと、六時半。うわー、急がなきゃ！　行こう！」

私はトマちゃんの腕を取って駆け出した。

駅からの緩やかな坂道を二人で走り、上り切った所にあるライブハウスに着いたのは六時二十分を過ぎた頃だった。

慌てて中へ入ろうとすると、ドアマンに「本日は、ご招待のお客様のみですよ」と止められてしまった。まるでこちらを品定めするかのように頭の先から爪先《つまさき》まで見渡して、何だかとても嫌な感じだった。

私はかばんから二枚のチケットを取り出した。それを見たドアマンは「どうぞお入りください」と急に恭《うやうや》しい態度へ変わり、入り口のドアを開けた。

案内された席に着き、グラスビールで「久しぶり」と二人で乾杯した時、ちょうど客席の照明が暗くなった。

「何とか間に合ったね」

「ごめん、トマちゃん。こっちから誘っておきながら、遅れちゃって」

「ううん、いいの。それより私、こういう所に来るのは初めてだから……」

トマちゃんはグラスを持ち上げては、またテーブルに置くのを何度か繰り返していた。それが止《や》んだかと思ったのも束《つか》の間、今度はおしぼりが入っていたビニール袋を指先でいじり始めたので、私は「大丈夫だってば」と言って、それをトマちゃんからそっと取り上げた。トマちゃんは恥ずかしそうに「……うん」と、もじもじしていた。どうやら慣れない場に緊張しているらしい。

いつもライブはひとりで行くけれど、このライブハウスは食品会社が経営しているので、ライブと一緒にディナーを楽しめる、というのが売りだった。周りを気にしながらひとりで食事をするよりも、誰かと一緒の方が都合良かったのだ。

――今年の採用試験も、そろそろ終わった頃だなあ。

そう思い出して、先週久々にトマちゃんに電話を掛けてみた。

トマちゃんは大学の同級生だ。学科は違ったけれど、学部共通科目の授業でよく一緒だったので親しくなった。

彼女は社会科の教師になるために、卒業してからも家庭教師のアルバイトをしながら採用試験を受け続けている。五回目の挑戦になる今年は、初めて一次の筆記試験に合格して二次の面接まで進み、今はその結果を待っているところだった。

「すごいね！」

そう私が言っても、電話のトマちゃんの声は相変わらず不安そうだった。

「毎日、落ち着かなくて……」

おどおどしているトマちゃんを見ていると、学校の先生には正直向いていないんじゃないかと思ってしまう。もちろん自分のことは棚に上げて、だけれど。もしも晴れて教壇に立つことになったとしても、小心者で、おっとりしている彼女にちゃんと務まるのか心配だ。でも、めげずに五回も試験を受けているのは本当にすごい。私はもう諦めてしまったから尊敬してしまう。だからトマちゃんには絶対教師になって欲しいとも思っている。

開演のブザーが鳴り、灯《あか》りが少し暗くなった。

客席の照明がさらに落ち、突然ステージが光る。その中央、白いノースリーブのワンピースを着た女性歌手にだけ、眩しいスポットライトが当たった。

「みなさん、こんばんは！」

ドラムとパーカッション、アコースティックギター、ピアノ、ベースがイントロのリズムを刻み始める。私は女性歌手にではなく、バックミュージシャン達の方へ目を凝らした。

今夜は、あらかじめウッドベースを弾くと知らされていたので、まだ暗いうちにシルエットで若田《わかた》先輩を見つけることができた。エレキベースの時は、ギターの人となかなか見分けが付かず、先輩だとわかるまでに時間が掛かることもあるのだ。歌手が歌い始めるとステージ全体が明るくなり、ようやく若田先輩の顔をちゃんと見ることができた。

黒いシャツとパンツという定番の衣装。楽器のそばに立つ背の高い姿。まるでそこだけ浮かび上がるように、若田先輩の姿はいつも私の視界に飛び込んでくる。そして、先輩が演奏するベースラインを目の前でお腹の底に感じることは、私にとって何物にも代え難い時間だった。

「わあ、すごいね」

トマちゃんが私の腕をそっと引っ張った。

ひとりでここに来たくなかったから。それだけの理由でトマちゃんを誘ったことに私は少し罪悪感を抱いていたけれど、楽しそうにしている彼女を見て、あまり気にしなくてもいいかな、と開き直った。

今日のライブは化粧品メーカーと女性誌のタイアップイベントだった。第一部がスペシャルライブ、その後ディナーを挟んでから、第二部がメイクアップ講座と分かれている。

少し前に若田先輩が「女性限定のイベントだけど、良かったら来ない？」と招待券を二枚送ってくれた。

すぐにお礼の電話をすると「今回のライブは絶対聴いて欲しい」と言う。先輩が作った新しい曲を演奏するのかと訊《たず》ねても「当日来ればわかるから」と笑うだけで何も教えてくれなかった。

化粧品のテレビＣＭでは女性歌手がジャズのスタンダードナンバーを歌っているので、どうやらライブもそれにちなんだ選曲のようだ。あまりジャズを知らない私でも、聴いたことがある曲ばかりだった。

アップテンポのナンバーが三曲続いた後、ステージの照明が少し落ちてドラムとピアノの人と一緒に先輩が舞台袖へと消えていった。バックミュージシャンはギターとパーカッションの二人だけが残り、またステージの後ろ側が暗くなる。女性歌手が「みなさん、楽しんでいますか？　後半も、どうぞお楽しみください」と軽く頭を下げると、再びステージが明るくなった。

照明が戻ったステージでは、若田先輩が椅子に座ってチェロを構えていた。それを見た私は思わず身を乗り出してしまった。ライブで先輩がチェロを弾くのは、とても珍しい。

ギターの人の合図で演奏が始まった。

そこにパーカッションと、チェロ、囁《ささや》くような声の女性ボーカルが加わる。曲はカフェでよくBGMとして流れているようなフレンチボサノバだった。

それまでピチカートを奏でていただけの先輩が、間奏に入ってから弓を持ってメロディーを弾き出した途端、私は自分の体が一瞬ぶるっと震えたのがわかった。

伸びやかで優しいチェロの音色が、ボサノバのゆったりとしたリズムに乗って会場全体に響き渡る。やがて間奏が終わり、女性歌手が二番の歌詞を歌い始めてからも、先輩の弓弾きは続いた。

決して主張しすぎないオブリガート。

メロディーの三度下の音を、先輩のチェロがなめらかになぞる。

それがボーカルの邪魔にならず、いっそう深みを醸し出している。チェロが入ることで曲全体の輪郭が際立つようだった。

ギターの人は、先輩とよくセッションしている常連のミュージシャンだ。お互いの演奏を知り尽くしているのだろう。時々二人で顔を見合わせて笑顔で合図している。

私は客席から先輩をじっと見つめた。

音色、響き、旋律。先輩が奏でる音のすべてを、自分の体に吸収したい。

楽器の音だけ、じゃないのだ。

本当は、先輩の姿、いや、先輩のすべてを、私の中へ洩《も》らさず閉じ込めてしまいたい。

ステージにいる若田先輩を見ていると、いつも熱に浮かされるような気持ちになってしまう。普段は体の奥へしまい込んでいるはずの何かが急に表へ溢れてきて、私をどうしようもなく混乱させる。

今日は先輩のチェロを久々に生で聴いているのだ。気持ちが掻《か》き乱されてしまうのも当然だ。

「では、次がラストの曲です。みなさんもご一緒に！」

女性歌手がそう言って客席に手拍子を促した。最後の曲はサンバだった。若田先輩は再びウッドベースを演奏した。


ライブが終わってディナータイムになってからも、私は先輩のチェロの音色に痺《しび》れていた。今日のイベントのメインは、この後にあるメイクアップ講座のようだ。けれども私には「秋の新色アイシャドウ」や「うるおい新ルージュ」など、そんなことはもう、どうでも良かった。

「すごいね、生で演奏を聴くのって」

珍しくトマちゃんは興奮したように声を弾ませていた。その様子を見て、誘って良かったなあと改めて思った。

旬の野菜を使ったテリーヌ。鶏肉のハーブ焼き。サラダ風に仕立てた白身魚のカルパッチョ。テーブルには、女性を意識して盛り付けられた色鮮やかな料理が運ばれてきた。

「試験どうだった？　いけそう？」

「うーん。どうかな……」

トマちゃんは歯切れの悪い返事をした。

「ちょっとは自信持ちなよ。面接まで進んだんだから」

「でも、その面接が全然ダメで……」

「そうなの？」

「うん。グループ面接だったんだけど、中には『私！　私！』とやたら主張ばかりする人がいてね。面接官から司会役はちゃんと他の人に割り振られているのに、自分で強引にその場をまとめようとする人も多かったし。自分を売り込むために、とにかく発言した者が勝ち、っていう雰囲気に、私はうまく溶け込めなかったなあ。教員は生徒達を引っ張っていかなきゃいけない仕事だから、リーダーシップが必要なのは当然なんだけどね。でも、こういう人と一緒に仕事をしたくないな、って思っちゃった」

トマちゃんは、いったんグラスに口を付けてから「それとね」と続けた。

「最近の中学生をどう思いますか、って質問されたの。そんなの答えられるわけないと思わない？　みんなそれぞれ違うんだから、ひとくくりになんかできないもの」

私が実習に行ったあの中学校はのんびりした感じの子が多かったけれど、それでもみんなひとりひとり違っていた。それを全部まとめて一緒にすることなんか、できっこない。トマちゃんの言うことはもっともだ。

「トマちゃん、そう答えたの？」

「まさか。さすがにそうは言えないから、結局当たり障りのないことしか言えなくて……。だからたぶん、落ちたと思う」

「でも、まだわかんないじゃないの。とにかく結果を待とうよ」

トマちゃんは「うん」と小さく頷《うなず》いた。

「ねえ、映子ちゃんの中学時代の先輩って、どの楽器を弾いてた人？」

「ウッドベースとチェロ」

「もしかして、あの人？　ほら、こっち来るよ」

トマちゃんに促されて顔を上げると、こちらへ向かって若田先輩が歩いてくるのが見えた。目と目が合って私が会釈すると、若田先輩が軽く手を上げながら寄ってきた。

「ああ、やっぱりこの辺にいた。ステージから、ちらっと見えたから」

「チェロ、すごく良かったです。びっくりしました。そういうことだったんですね」

「そう。だからヤスに聴いてもらいたかったんだ」

「……ありがとうございます」

先輩はちょうど今、あるアーティストのアルバム制作に携わっており、これからまたスタジオに戻ってレコーディングの続きをするらしい。「じゃあ、楽しんでいって」と言い残して先輩はすぐ去ってしまった。

トマちゃんのことを紹介する暇もなく、私は先輩の後ろ姿を見送った。

「映子ちゃん、あの先輩のことが好きなんだね」

「えっ！」

トマちゃんが発した言葉に、私は思わずフォークをガシャンと鳴らしてしまった。

「急に何言うの？　びっくりするじゃない」

「だって映子ちゃん、さっき目がハート形になってたから」

私は紙ナプキンで口を拭いながら「そんなことないよ」と否定した。

「今まで気持ちを伝えたことないの？」

「言えるわけないじゃない。どうせ無理だって、わかっているし」

「どうして？」

「だって、住んでる世界が違うもん」

華やかな仕事をしている先輩と私では、何もかもが違い過ぎる。その辺はきちんとわきまえているつもりだ。

「そういうの、映子ちゃんらしくないね」

「私らしくない？」

「うん。もっと積極的に行きそうなのに」

「ちょっと、私、そんなにガツガツしてないってば」

「でも、いきなり『私も採用試験受ける！』とか宣言しちゃうくらいなのに」

「もう、やめて。あれは本当に馬鹿だったって、自分でも反省しているんだから」

「ううん。私、馬鹿なことだなんて全然思わなかったよ」

トマちゃんは一瞬真面目な顔をしてから、そっと笑った。私は残っていたビールを一気に飲み干した。

「ねえ。ヤスって映子ちゃんの、渾名？」

「……ええと、先輩には、ずっとそう呼ばれているだけなの」

私は、高校や大学の友人には両親が離婚したことを話していなかった。トマちゃんには話せそうな気がずっとしていたけれど、何となく今日もごまかしてしまった。

「ふうん」

トマちゃんは少し腑《ふ》に落ちない顔をしていた。

3

初めて若田先輩を見かけたのは、中学校に入学してから、ひと月ほど経った頃だった。

五月の連休明けの朝会で、チェロの全国コンクールで入賞した先輩へ、校長先生が賞状を渡したのだ。

――うちの中学にも全国レベルで賞を獲《と》るような、こんなすごい人がいるんだな。

新しい制服をまだぎこちなく、それこそスカートを膝下まで伸ばしたまま穿《は》いていた新入生の私にとって、壇上にいる二年生の若田先輩の整った横顔は、とても大人びて見えた。

――中学生になったらフルートを吹きたい！

そう意気込んで吹奏楽部に入部したのに、フルートは希望者がとても多くて、結局くじ引きになった。二つ折りの藁半紙《わらばんし》を開くと、そこには「バスクラ」という聞いたことのない楽器の名前が書いてあった。

バスクラリネット。それはクラリネットのくせにやけに大きくて、釣り針形をしている低音楽器だった。しかもマウスピースに付けるリードはテナーサックスと一緒なのだ。何だか中途半端な楽器だな、と思った。

最初の印象が良くなかったせいか、あまりやる気が起きなかった。実際に音を出して曲に取り組み始めると、主旋律などまったく出てこない地味な譜面を前にして、私の気持ちはますます萎《な》えていった。合奏の時は指揮者のすぐ前にいるフルートの人達がとてもうらやましかった。それでも表向きは「バスクラ重くて、肩凝るよー」と、おどけたふりをして気持ちを紛らわせていた。

六月から七月にかけて行われた市と県の中学総合体育大会で、若田先輩は四百メートルリレーで県大会ベスト8まで進んだ。若田先輩が水泳部であることも私は朝会で知った。

吹奏楽部は野球部やサッカー部などの応援ばかりだったので、水泳部の応援に行くことはほとんどなかった。

コンクールを控えた夏休み直前、ひとりしかいなかった弦バスの三年生が、受験勉強を理由に急に退部してしまった。

私はコントラバスを吹奏楽では「弦バス」と呼ぶことすら、入部するまで知らなかった。合奏の時、どちらかといえば弦バスはあまり目立たず、その音を意識することがなかったような気がする。もちろんそれは、私が自分の演奏に精一杯で他の音を聴く余裕がなかったせいかもしれない。

ある日、掃除当番を終えた放課後、部活仲間の何人かと連れ立って音楽室へ急ぐと、弦バスの音が廊下まで響いていた。それまでに聴いたことのないような、お腹の真ん中辺りに直接ズンズンと来る音だった。

「あれ？　弦バスの先輩、やっぱり戻ってきたんだね」

「良かったー。これでコンクールも無事に出られるよ」

「それにしても、すごい音だね。弦バスって、こんなに大きな音出てたっけ？」

そう言い合いながら音楽室のドアを開けると、弾いていたのは若田先輩だった。

合奏前のミーティングで、吹奏楽部の顧問が部員達に若田先輩を紹介した。

「チェロも弦バスも似たようなもんだろ？　だから若田、頼むよ」

およそ音楽教師らしからぬ、そんないい加減なことを言って、顧問が若田先輩にコンクールの助っ人をお願いしたのだった。とはいえ若田先輩も以前から弦バスに興味があったらしく、快く引き受けてくれたようだった。

いくら同じ弦楽器とはいえ、チェロと弦バスでは随分勝手が違っただろう。それでも若田先輩は難なく弾きこなしているように見えた。

合奏が始まると、私は自分の斜め後ろから聴こえてくる弦バスの音に圧倒されてしまった。投げやりだった私の気持ちが、ようやく本気になった。

「違う楽器でも、同じフレーズを吹く人どうしで合わせてみることが大切だよ。同じ楽器のパートだけで『いっせーのーせ』で合わせるだけで終わりなんて、それは練習していることにはならないよ」

「自分が全体の中で、どの音を担当しているのか。それを常に意識すること。そうしないと、絶対に合わないんだ」

市のジュニアオーケストラに所属していた若田先輩は、練習方法も部員達にいろいろ教えてくれた。吹奏楽部の顧問はピアノ以外の楽器経験がない人だったので、すっかり若田先輩に頼りきりだった。弱小吹奏楽部にとって、若田先輩はまさに救世主のような存在だったのだ。それでも二年生の若田先輩が先頭に立つことを面白く思わない三年生男子の中には「あいつ、女目当てで来たんじゃねえの」と陰口を叩《たた》く人もいた。

「低音集合！」

若田先輩が声を掛けると、音楽室に弦バス、チューバ、ユーホニューム、バリトンサックス、バスクラリネット、バストロンボーンの面々が揃《そろ》う。華やかな主旋律の陰で、全体を支える低音を担当する、地味な楽器の数々。

「土台がグラグラする建物はすぐ崩れる。俺ら低音がしっかりしないと、メロディが上にちゃんと乗らないんだよ。実は俺らが重要な役目なんだ」

それまではきっと私と同じように、どこかふてくされた気持ちで自分の楽器を吹いていた人もいたはずだ。でも、先輩のそのひと言で、みんなの顔付きが変わったように感じられた。

初めて私が先輩と直接話をしたのは、二回目に音楽室で音を合わせた日だった。

「ええと、バリサクとバスクラの二人」

曲の中盤、バリトンサックスと一緒の長く続くフレーズがあった。私もバリサクの二年生も途中で息切れしてしまい、同じところで音が消えてしまっていた。

「そこ、カンニングブレスを作ろう。これは管楽器の宿命みたいなもんだから」

二人のブレスの位置をずらして、フレーズが途切れないようにする方法を若田先輩が教えてくれた。

「バスクラ、ここまで息継ぎなしで吹ける？　この三拍目ブレスでちょっと吹いてみて」

「はい」

——若田先輩の前なんだから、ちゃんとしなきゃ。

指定されたところまで息が持つか心配だったけれど、私は必死で吹いた。

「うん、オッケー」

先輩が頷いてくれたあの時の笑顔を、私は今でも鮮明に思い出すことができる。

私達、低音セクションは合わせる度に音がまとまっていき、全体合奏で顧問に「低音すごくいいなあ」と褒められるほどになった。若田先輩のことを悪く言っていた三年生達が揃って渋い顔をしていた。

夏休みに入ると若田先輩は午後から音楽室へやって来た。午前中に水泳部の練習をしてきた若田先輩が通り過ぎると、微《かす》かにプールのにおいがした。

八月の吹奏楽コンクールは無事にまずまずの成績で終わった。

九月の文化祭のステージにも先輩は出てくれた。それ以降も「これからの季節はもう泳げないから」と言って、たまに音楽室へ来て弦バスを弾いていた。三年生が引退したので、今までより来やすくなったのかもしれない。先輩が来た日の私はロングトーンやタンギングなど、いつもなら退屈に感じる基礎練習に思わず気合が入ったものだ。

最初は私のことを「バスクラの安川さん」と呼んでいた先輩が、いつの間にか部員のみんなと同じように「ヤス」になったのは、秋が本格的に深まる少し前のことだった。

✦

二月も終わりに近付いた日、私は吹奏楽部の顧問に呼び出された。

昼休みに職員室へ行くと「はいよ」と楽譜を手渡された。来月行われる卒業式で、卒業証書授与の時にBGMとして若田先輩がチェロを演奏するので、ピアノ伴奏をするようにとのことだった。

「どうして、私なんですか？」

思いがけない話に私は困惑した。先輩と同じ二年生――もちろん、うちの吹奏楽部の先輩にも――ピアノを弾ける人はたくさんいる。何も一年生の自分が、わざわざ出る幕じゃないからだ。

「若田のご指名だよ。おまえの合唱コンクールのピアノが良かったらしいぞ。何だか合わせやすそうなんだとさ。曲選びは若田に任せといたから」

私は「わかりました」と言いながら頭がぼうっとしていた。確かに六月に行われた校内合唱コンクールで、私はピアノを伴奏した。

――どうってことない合唱の課題曲を、ただ普通に弾いただけなのに。

「じゃあ頼むぞ、安川。あ、藤井だな……」

顧問が一瞬「まずい」というような顔をした。

「あれな、部活の連絡網の名前、今すぐ新しく直すか？　それとも新学期からでいいか？」

少し前、父と母が正式に離婚したらしい。「らしい」というのは、母からの説明があまりに急であっさりし過ぎて、現実のこととして受け止めることができなかったからだ。

お風呂上がりに洗面所で髪を乾かしていると後ろのドアが開いて、顔だけ覗かせた母が「あんた、来週から苗字《みょうじ》変わるからね」と言った。

「えっ！」

慌ててドライヤーのスイッチを切った私が振り向くと、もう母は廊下へ消えていた。何となく訊き出しそびれて、結局そのままうやむやになってしまった。当時の私にとって両親の離婚とは、自分の苗字が「安川」から「藤井」へ変わったことでしかなかった。

「ヤス、じゃなくて……藤井ちゃん」

部活のみんなはとても呼びにくそうにしていたし、先生達も授業中に慌てて言い直したりした。新しい名札が届くまでの約一週間、校章とクラス章しか付いていない制服の不自然な左胸が嫌で堪らなかった。誰よりも私自身が一番その変化に戸惑っていたのだ。

私は顧問に「どっちでもいいです」と返事をして職員室を出た。

土曜日、部活を午前中で終えていったん家へ帰り、お昼を食べてからまた音楽室へ出かけた。久々に若田先輩と会うので、音楽室のドアを開ける時はとても緊張した。

若田先輩は先に来ており、ちょうど弓に松脂《まつやに》を塗っているところだった。

「おう、久しぶり」

椅子に座ってチェロを構えている若田先輩の姿は、まるで何かの彫刻のように美し過ぎて、私は「お久しぶりです」と挨拶する声が上擦ってしまった。

先輩は私の新しい名札をじっと見つめていた。

「まずチューニング」

「はい」

私は無意識に鍵盤のシの♭《フラット》を押さえた。

「ああ、ごめん。言ってなかったな。B♭じゃなくてAなんだ。ブラバンのチューニングはB♭が一般的だけど、オーケストラで基準にするのはAなんだよ」

「そうなんですか」

「うん。ピアノ、ラの音お願い」

「はい」

ラー、ラー、ラー。ピアノとチェロのAの音が重なり合う。すると、いつも見慣れているはずの音楽室の空気が一変したような気がした。

チューニングが始まった途端、私は先輩のチェロの音に感電してしまったのだ。

「とりあえず最初は通してみようか」

「はい」

初めて聴く先輩のチェロ。演奏が始まると、ぞくぞくするような何かが自分の中から立ち上がってきて止まらない。ピアノを弾きながら、その心地よさに溺《おぼ》れている自分がそこにいた。

私は先輩が奏でるチェロの旋律を壊さないよう、細心の注意を払いながら伴奏した。

先輩は時々私の方へ顔を向けて、フレーズの入りを弓の振りで合図する。

私と先輩の二人しかいない土曜日の音楽室。空気の振動の共鳴。ふたつの楽器の音がまるで吸い付くような感覚。それまで簡単に使っていた「調和《ハーモニー》」という言葉の意味を、私は初めて体で思い切り感じたのだ。

何度か合わせて、先輩は私にペダルを踏んで離すタイミングや、強弱のメリハリをアドバイスしてくれた。

「ヤス、今のところ、もっと左手を強く弾いて」

そう私を呼んだ先輩が次の瞬間、はっとして私の名札をもう一度見た。二人の手が止まり楽器の音が途絶えた。

「……ええと、ごめん」

「いいえ……」

そんなこと、謝って欲しくなんかないのに。せっかくこうして間近で接しているのに、若田先輩から「藤井さん」なんて、他人行儀な呼ばれ方なんかされたくない。

私は泣きそうになるのを堪《こら》えながら、俯《うつむ》いて鍵盤をじっと見つめることしかできなかった。気まずい雰囲気の中で先輩はポケットをまさぐっていたようだった。

しばらく経ってから先輩が「これ、食おうよ」と口を開いた。顔を上げると、先輩の手にはサイコロキャラメルがひと箱載っていた。サイコロを模した小さな箱にキャラメルが二粒入っている、小学校の遠足では人気のおやつだった懐かしいお菓子だ。

先輩は弓を脇に挟んでサイコロキャラメルの箱を器用に開けた。「はい」と促されたので、私は手を伸ばして「ありがとうございます」とキャラメルを一粒受け取った。

「ちょっと最初から飛ばし過ぎたな。疲れた時は、やっぱり甘いもんだよな」

先輩がキャラメルを少し大袈裟《おおげさ》な仕草で口に放り込んだので、私も「いただきます」と口に入れた。

「先生にばれるとまずいから、包み紙は絶対床に落とすなよ」

「はい」

甘い香りが口の中に広がる。ほんの些細《ささい》なことだけれど、先輩と秘密を共有できる嬉しさも私は味わっていた。

先輩はキャラメルで左の頰をコロコロと膨らませながら「弦バスってさ」と唐突に切り出した。

「オーケストラだとコントラバスで、ブラバンだと弦バスって呼ばれるだろ？」

「はい」

「ポップスやジャズだと、ウッドベースとかダブルベースになるんだ」

「え？　そうなんですか？　まだ他にも呼び名があったんですね」

「うん。でもさ、いくら呼び名が変わっても、あの楽器はああいう音だよな。まあ、ジャンルが違えば弾き方は多少変わるだろうけど。でも、あの楽器らしさは変わんないし。だから、その……うまく言えないんだけど、元気出せよ」

さっきは我慢できたはずの涙が私の頬を伝った。

いったんチェロを床に置いて立ち上がった先輩が、私のすぐ横にやって来た。先輩は私の手のひらからキャラメルの包み紙を取ると、ぽんと軽く私の肩に手を置いて、またチェロのある方へ戻っていった。

名札のなかったあの不安な一週間が、ようやくこれで帳消しになったような、そんな気持ちだった。自分の流した涙のしずくが、制服のスカートに滲んでいく。

私は心を決めて言った。

「……『ヤス』って呼んでください。これからも、ずっと」

「わかった」

先輩は包み紙を指先でいじりながら頷いた。

「……あの、先輩。ひとつ訊いてもいいですか？」

「うん？　何？」

「どうしてピアノ、私なんですか？　他にも弾ける人いっぱいいるのに」

「うーん。ほら、俺らは何の時に演奏すんの？」

「え？　卒業証書授与ですよね？」

「そう。それをさりげなく演出する役目だよな。雰囲気というか、場の空気に軽く色を添えるだけ。主役じゃないから目立ち過ぎてもいけない。その匙《さじ》加減がヤスなら、ちゃんとわかってくれると思ったんだ」

私は「そうですか」と小さく返事をするのが精一杯だった。

「じゃあ、またそろそろ始めるか」

そう言って、先輩が一度軽く伸びをした。私達は再び曲を合わせ始めた。

夕方近くに練習を終えて、私は楽器を片付ける先輩の手付きをぼんやり眺めていた。

「チェロは弦が四本なんですね」

私は正倉院の琵琶のことを、ぼんやり思い出した。

「ああ、弦バスもほとんどが四本じゃないかな」

「ほとんど？　そうじゃないのもあるんですか？」

「たまに三本とか五本のもあるらしいけど、俺はまだ見たことないな。他はバイオリンもビオラも四本。ちなみにエレベも」

「エレベ？」

「エレキベース。俺、弦バス触り始めてからベースに夢中なんだ。正直、チェロより今はベースの方が気になってしょうがねえ感じ。三年生になって文化祭でバンドやる時はエレベ弾くつもり」

楽器ケースにチェロを収めていた先輩が笑った。

✦

卒業式での演奏は無事に終わった。

本番よりも、舞台袖で出番を待つ少しの間、若田先輩のすぐ隣に並んでいる時の方がずっと緊張した。

「何だよ、リラックスしろよ。練習の時みたいにやれば大丈夫だって」

緊張の意味を誤解した先輩が、私の肘を軽く小突いた。私の心臓の音が先輩に聞こえてしまうのではないか。馬鹿みたいだけれど、そう本気で心配してしまうほどだった。

式が終わってから、吹奏楽部の顧問が満足そうに頷いた。

「いやー、二人とも良かった、良かった。まさに『ザ・音楽』って感じだったなあ」

四月になると、たくさんの新入生が吹奏楽部に入ってきた。二人の新入生が弦バスを担当することになり、そのうちのひとりはジュニアオーケストラでコントラバスを弾いていた経験者だったので、三年生になった若田先輩が音楽室に来ることはもうなくなってしまった。

夏に若田先輩は水泳の県大会で昨年に続いて入賞し、朝会でまた賞状をもらった。先輩の白い半袖のシャツから伸びた腕や、壇上から降りる時にちらっと見えた後ろ姿のうなじが黒く日焼けしていた。音楽室での宣言通り、文化祭ではバンドでエレキベースを弾いた。おしゃれな私服にサングラス姿の先輩は、それまでよりもさらに遠い存在に思えた。

明けた年の卒業式で、私はフルートを吹く同級生のピアノ伴奏をした。吹奏楽部の顧問に指示された物静かな曲を、フルートの子はそつなく無難に吹きこなした。それは若田先輩のチェロと合わせた時のように私の胸を震わすことは一切なかった。けれども、卒業生として式に出席している若田先輩に聴かれても恥ずかしくないよう、手を抜かずピアノを弾こうと心掛けた。

——若田先輩が卒業してしまう。

そんな気持ちを打ち消すように、私は左手で分散和音《アルペジオ》を丁寧に奏でた。和音は常に根音を大切に。自分が和音を構成する、どの音を担当しているのかを意識しながら演奏すること。そう教えてくれたのも先輩だった。

私が高校生になったばかりの頃、一度だけ駅前で若田先輩を見かけたことがある。バンド仲間らしき派手な人達と一緒だったので、声を掛けることはできなかった。やがて噂《うわさ》で、先輩が東京の私立の音大へ進んだことを聞いた。

その一年後、私も東京へ出たけれど、私の日常に若田先輩が登場することはなかった。

✦

大学四年生の冬休み、東京から地元へ戻る新幹線の中で、吹奏楽部の部長だった同級生の男子と偶然会った。

「ほら、若田先輩っていたじゃん？　あの人、大学を出てプロのミュージシャンになったんだってさ。スタジオミュージシャンっていうの？　歌手のバックで演奏したりしているらしいよ」

次の日、私はレンタルCD店へ行き、およそ普段なら手に取らないようなアイドルグループのCDを探していた。歌詞カードを取り出し捲ってみると、最後のページの「additional musicians」のところに、その名前は載っていた。

bass : Kohji Wakata

果たして「Kohji Wakata」が私の知っている、あの若田先輩のことなのかどうか、これだけではいまいちピンと来なかった。

少し経ってから、たまたま深夜お風呂上がりにテレビを点《つ》けると、音楽番組をやっていた。モデル出身で最近ドラマに初主演した女優が出ており、そのドラマ主題歌を本人が歌い始めた。私は濡《ぬ》れた髪をタオルで拭きながら、ぼんやりと観ていた。

曲の後半になってから、ライトの当たらない後方でエレキベースを弾いている横顔に一瞬目が止まった。

「えっ？」

私はテレビの前に駆け寄った。14インチの小さなブラウン管の画面を食い入るように見つめる。

――よく、わからない。でも、きっと……。

番組の最後、画面の下に白い文字のテロップが流れた。

E.Bass　若田浩二

――ああ！　やっぱりそうだった！

それからは、何をしていても「Kohji Wakata」と「若田浩二」の文字が頭から離れなかった。突然、私の日常のすべてに若田先輩が浸潤し始めた。

休み明けに先日会った同級生から連絡が来た。

「久々に東京にいるブラバンの奴《やつ》らで集まろうよ、ってことになったんだけど、若田先輩も誘ったんだ。藤井ちゃんも、おいでよ」

待ち合わせ場所の居酒屋へ出かけた私の視界に、懐かしい笑顔が飛び込んできた。

「おう、ヤス。久しぶり」

そんな予期せぬ形で、再び若田先輩は私の前に現れたのだ。

その後、若田先輩からは時折、ライブの誘いやテレビ出演を知らせる連絡が来るようになった。最初は吹奏楽部の仲間と一緒にライブハウスへ出かけることが多かったけれど、次第に私ひとりでも行くようになっていた。多い時には月に三回、先輩が出演するライブへ私は足繁《しげ》く通った。

ライブの会場は客席に椅子がない、二十人も入ればいっぱいになってしまうような、地下にある小さなライブハウスばかりだった。受付でチケットを渡すと、ドリンクチャージを取られた。私は、プラスチックの使い捨てのコップに入った味の薄いカシスオレンジをちびちび口に含みながら、開演までの時間をひとり持て余した。

狭いライブハウスだったので、ステージの高さもそれほどなく、客席からの距離が近かった。一度だけ、客席の最前列に立った時、ちょうど若田先輩が目の前だったこともある。曲の合間に目が合った先輩は、いたずらっ子のような瞳で私に微笑《ほほえ》み掛けた。私は無理矢理笑顔を作ろうとしたけれど、動揺のせいか頬の筋肉が硬直して上手に応えられなかった。そんな私には構わず、先輩は楽器を弾き続けている。

大人になってから夢を叶《かな》えた、先輩の音楽。そこには自分のすべてを捧《ささ》げる先輩の姿があった。身も心も、もしかすると魂と呼ばれるようなものも、すべて。

再会した飲み会の席で若田先輩は、堂々と「職業はミュージシャンです」と名乗れるのは、本当にごく一部の人間なのだと言っていた。自分はスタジオミュージシャンとして駆け出しに過ぎない。それでも夢だった音楽の仕事をできる喜びが日々の原動力になっている、と。

私には、そんなふうに覚悟を持って打ち込んでいることがあるだろうか。もっと本腰を入れて教員採用試験の勉強をしなければならないのではないだろうか。

——絶対に教師になってみせる。

当時の私は、教員採用試験に受かって教師になることができれば、自分の人生のすべてが上手《うま》く進んでいくとばかり思い込んでいた。そうすれば、夢を叶えた若田先輩と自分も「同等」になれると思ったことすらある。

もしかすると「同等」になれれば、先輩と結ばれることも——。心のどこかで、そう思っていたのかもしれない。

教師になれない未来のことなど、これっぽっちも考えていなかったのだ。

先輩から、ライブ終了後の打ち上げに誘われることもあった。その席でバンドのメンバーに紹介されたりしたので、少なくとも自分は若田先輩には嫌われていないのだから、と少し気持ちが大きくなっていた面もあるかもしれない。

打ち上げの後、終電がなくなってから、二人で朝までファミレスで一緒に過ごしたこともあった。

バニラアイスや生クリームがたっぷり載ったファミレスのパンケーキを、二人で分け合って食べた時は、さすがに困惑した。先輩にとって、自分はどんな存在になっているのか、どうしても気になって仕方なかった。先輩は涼しい顔のまま、私が口を付けたフォークを躊躇《ためら》うことなく使っていた。

若田先輩に対する自分の気持ちが、どんどん恋愛感情へ傾いていることは自覚していたものの、付き合いたい、彼女になりたい、などと身の程知らずなことは願わなかった。

ただ、中学の時から先輩のことを知っている分、周りのファンより少し特別だと自惚《うぬぼ》れていたのは否めない。

採用試験を受け続けている間も、私には大学時代の同級生の恋人がいた。

彼は大学を卒業した後、その春から中小企業の営業職に就いた。優しくて真面目で堅実で、彼氏として申し分のない人だった。

それなのに、若田先輩と再会してから、恋人への気持ちが次第に冷め始めてしまった。

音楽という自分の才能だけを武器に、世界へ飛び込んで勝負している先輩。一方、そこそこの大学を出て、そこそこの就職先に落ち着いた恋人。

比較すること自体が愚かだと頭では理解しているのに、今まで長所と思えた恋人の性格や人となり、生き方が、急に面白味のないものに思えてしまったのだ。私は採用試験の勉強を理由に恋人と別れた。

時々思う。

先輩に対する今の私の気持ちは、敢《あ》えて遠い世界にいる人を想《おも》うことで、身近な恋愛から逃げているだけなのかもしれない、と。本当は、こんな状態から抜け出したいと心のどこかで思っているはずなのに。

先輩が発する光があまりにも強過ぎて、眩しくて堪らないのだ。その眩しさのせいで、身近なものが見えなくなってしまうくらいに。

4

「お昼は、みんなでカレーにしよう」

そう言い出したのは井上さんだった。

会社のすぐ近くにテイクアウト専門のカレー屋が今日オープンするらしく、今朝そこの通りで割引クーポンを配っていた。

十二時少し前に席を立ち、五枚のクーポンを持ってお店に行くと、すでに行列ができていた。

左手にカレー五人分、右手に開店サービス品のお茶の缶五本が入った袋を持って横断歩道の手前まで来た時、ちょうど青信号が点滅し始めた。ここで下手に走って転んでしまったら洒落《しゃれ》にならない。私は潔く渡るのを諦めて立ち止まった。

目の前を、制服姿の子供達をたくさん乗せた観光バスが二台続けて通り過ぎた。

遠足か修学旅行だろうか。高校生にしては少し子供っぽかったから、たぶん中学生だろう。

再び開けた視界の向こうに、うちの会社が入った五階建ての雑居ビルが見える。

すこやか出版は社員数三十人足らずの小さな教育系出版社だ。

ビルの三階に営業部と広報部、そして社長室が、四階に編集部と会議室があるだけ。ちなみに同じビルの一階と二階には機械メーカーの東京営業所が、五階には健康食品の会社が入っている。履歴書を持って面接を受けに来るまで、まさかここまで小規模な出版社だとは思っていなかった。

編集部は小学校の授業で使用される副教材を作る教材部門と、図鑑や書籍を作る児童書部門の二つに分かれており、私はどちらかといえば児童書部門の仕事をすることが多い。

しかしとても小さな会社なので、仕事の割り振りはとても曖昧で、算数ドリルを作っている人が、同時に「世界の珍しい民族楽器図鑑」の企画を進めているという具合だ。九人いる編集部の正社員が、それぞれいろんな企画を掛け持ちしている。

私の仕事は、彼らのアシスタント。どんな雑用でも頼まれれば断ることなく受けなければいけない。いわば「何でも屋」のような感じだ。

別に私じゃなくても、他にいくらでも代わりがいるような仕事。もし今日、私が帰宅途中に交通事故にあって死んでしまったとしても、明日からも会社は何も変わらないし、誰も困らない。

気持ち良く晴れた九月の平日。東京のど真ん中で、五人分のカレーを抱えて信号待ちをしている私って、いったい何なんだろう。もし教師になっていたら、私もたくさんの生徒を連れて遠足や修学旅行に行っていたのかな。

信号機の音楽が聞こえてきて、ふと我に返る。ようやく信号が青へ変わった。

「お待たせしましたー」

四階に戻ると、井上さんが打ち合わせコーナーのテーブルを拭いていた。

今日は午前中から打ち合わせに出ている社員が多くて、編集部内はいつもより閑散としている。児童書部門で残っているのは井上さんと太田さんだけだった。そこに私と、教材部門の社員二人を加えた五人でカレーを一緒に食べ始めた。

「そういえば昨日、竹口《たけぐち》さんが社長室で随分長く話し込んでいたみたいですよ」

「えー、そうなのー」

話題は、その場にいない竹口さんのことになった。

竹口さんは教材部門の男性社員で、図画工作や理科の組み立て教材を担当している。口数が少なく機械いじりが好きなので、編集部内では「メカ竹口」とか「メカタケ」とか、ベタな渾名で呼ばれている。

「太田さん、社長から何か話、聞いていないんですか？」

「いや、俺は何も……」

そう答えてから、太田さんは残りのカレーを掻き込んだ。

「彼のことだから、どうせまたマニアな内容なんじゃないのー。ほら、ずっと前も教材用に人工衛星のプラモデルを作るって、散々ほざいていたことがあったしねー」

井上さんの言葉に私以外の四人がどっと笑った。

入社してから竹口さんと会話をしたのは数回程度なので、私は彼のことをあまり知らなかった。

「あれー、藤井さん、福神漬け嫌いなのー」

「あ、はい」

どうやら井上さんは、私が弁当容器の隅に福神漬けを寄せているのに気付いたようだ。急に話を振られた私は、持っていたプラスチックのスプーンを危うく落としそうになった。

「えー、どうしてー」

「その、嫌いっていうか、食わず嫌いで……」

私は子供の頃から、カレーを食べる時は福神漬けを添えなかった。福神漬けが苦手というより、白いご飯に広がるあの赤い染みがどうしても好きになれなかったのだ。家で瓶詰めの福神漬けが食卓に置いてあっても、それを食べるのはいつも母だけだった。

いつの間にか話題は昨夜のプロ野球へ移り、食べ終わった四人は立ち上がって煙草を吸いに外へ出ていった。

席に戻った太田さんは、パソコンのモニターを見るなり「お、ビンゴ」と呟いた。

「藤井さん、安川先生から最初の原稿が届いたよ」

「あ、はい」

父の名を耳にして思わずビクッと立ち上がってしまった私は、平静を装ってプリンターの前へ移動し、出てきた用紙の束を揃えた。

早速、太田さんと一緒に原稿に目を通した。


ねずみ小僧は「ぜんそく」で御用になった!?

ねずみ小僧は江戸時代後期に活躍した大泥棒で、本名を次郎吉《じろきち》といいました。大金を盗み、貧しい庶民に配ったという伝説で有名です。しかし、それは後の講談本の中で作られた話で、実際は博打《ばくち》の金欲しさに盗みを働いていたようです。

ねずみ小僧は武家屋敷ばかりを狙いました。武家屋敷は盗難の被害にあっても、むしろ「泥棒に入られるなんて、管理が不十分だ」とお咎《とが》めを受けてしまうので、届け出る可能性が低かったのです。また、商人の屋敷はお金の管理も厳重でしたが、武家の屋敷は、中に入るまでの警備は厳重でも、屋敷内部のお金の管理は商人の屋敷と比べると甘かったので、盗みやすかったようです。

武家屋敷ばかりを狙って百件目、無事に屋敷に忍び込んだねずみ小僧を、運悪く持病のぜんそくの発作が襲います。息苦しさに思わず声を出してしまい、あえなく御用となってしまったわけです。

シルクロードの終着点・正倉院

正倉院に納められている宝物の中で最も有名なのは、おそらく螺鈿紫檀《したん》五弦琵琶では
ないでしょうか？　貝殻の美しい輝きを活かした高度な螺鈿細工で、ラクダや鳥、木や
花の模様が描かれています。

模様の素晴らしさだけではなく、この琵琶にはもうひとつ重要な意味があります。
現代の琵琶は弦の数が四本ですが、この琵琶には弦が五本あるのです。五弦の琵琶は
世界中で正倉院にしか現存しない、大変貴重な楽器なのです。
クチャ（中国）という町の洞窟にある壁画に、五弦の琵琶を持った飛天《ひてん》という天女が
描かれています。それが五弦琵琶のルーツだとすると、正倉院はシルクロードの終着点
だと言えるでしょう。

私は太田さんが読んだ数年前のコラムは知らなかったから、父の書いた文章を読
んだのは随分久しぶりだった。

父がまだ家にいた小学生の頃、地元紙の夕刊で博物館の展示物の紹介記事を父が連載していたことがあった。

――これを書いたのは、安川さんのお父さんなんですよ。

学校で担任の先生がクラスのみんなにそう言った時、とても誇らしく思ったものだ。

「うーん、琵琶の話はもちろんだけど、この『ねずみ小僧は実はぜんそく持ちだった』っていうのが子供に受けそうだよなあ。いいねえ」

太田さんが満足そうに何度も頷いた。

「ええと、全部で二十編か。この調子でいけば、予定より早めに進行できるかもなあ。先生に都合を訊いてみるから、また研究室へ打ち合わせに行こう」

「はい」

自分の席へ戻ろうとした私を「あ、それとさ」と太田さんが呼び止めた。

「はい、これ、藤井さんのメアド。これからいろいろ使うから」

私はアドレスが書かれているメモ用紙を「ありがとうございます」と受け取った。

まるでアルバイトのような扱いのこの会社で、まさかメールアドレスがもらえるようになるとは思ってもみなかった。

「パスワードを設定したら、まずテストのつもりで俺に送ってみて」

「はい」

太田副編集長
メールアドレスを頂きまして、どうもありがとうございます。
よろしくお願いいたします。
藤井映子

「送りました」

「じゃあ俺も試しに送ってみるよ」

「お願いします」

私達は至近距離で、およそメールの意味がないような会話を交わした。

藤井さん

メアド開通おめでとう。

後で安川先生にもメールしておくこと。

太田より

その返信を見た私は、咄嗟《とっさ》に太田さんの方を振り向いた。

「だって、原稿もらったんだから、お礼するのは当たり前でしょうが」

太田さんはいたずらっぽい笑顔でそう言ってから「ちょっと三階に行ってくるわ」と席を立った。

すると、まるでタイミングを窺っていたかのように、井上さんがこちらへ寄ってきた。

「藤井さん、これ、急いで八部ずつコピーしてくれるー」

「はい、わかりました」

「契約社員でメアドもらう人なんて、今までいなかったのにねー」

去り際に井上さんは、やんわりと皮肉を込めて呟いた。今時どこで売っているのか、こちらが訊ねたくなるような色の口紅を塗った唇の端が下がっていた。

――普段たくさん嫌味を言ってくれるお返しに、この間もらった「うるおい新ルージュ」のサンプルでも差し上げましょうか？

その場を離れる井上さんの後ろ姿を見ながら、ひとり私は心の中でそう毒づいた。長いだけでぱさついた、だらしない髪の毛が背中の中央でふささふさ揺れていた。

✦

毎週月曜日は午前九時から編集部で朝礼が行われ、教材部門と児童書部門それぞれの進捗《しんちょく》状況を報告し合う。編集部の全員が揃うのはこの時ぐらいなので、社員の人達にとってはとても重要な時間だ。でも私の仕事といえば、その朝礼中に掛かってきた電話を受けることぐらいだった。

「今日はまず、みんなに知らせておきたいことがあります」

編集部全体の編集部長も兼任している、教材部門の渡辺《わたなべ》編集部長が切り出した。

「実は今、うちはデジタル・エデュケーション社と業務提携の交渉が進んでいます」

急な話に編集部内がどよめき始めた。

デジタル・エデュケーション社は、小・中学生向けの学習ソフトなどメディア教材を制作している、設立してからまだ数年の教育産業会社だ。最近は、大人を対象とした様々な資格試験対策の学習ソフトの制作に力を入れていることでも話題になっていた。

「うちもメディア教材を自社で展開していきたい方向で考えていたけど、あまり現実的ではないし。それなら今まで教材や児童書を作ってきた経験を生かして、手を組むのがお互いにとって良い結果になるんじゃないか、ということらしいです」

「時期はいつですか？」

「それって業務提携じゃなくて、業績不振で吸収合併されるってことじゃないですか？」

社員の人達から次々に声が上がった。

「とにかく詳しいことは、今週中に社長から直接説明があると思うから……」

ざわめきを振り切るように渡辺編集部長はさらに続けた。

「それで、その手始めにプラネタリウムの番組を共同で制作してみることになりました。実はこれ、今回の話が出る前から、竹口が出していた企画だったんだけど。

じゃあ、竹口よろしく」

するとと竹口さんがのっそり立ち上がり、みんなが一斉に彼の方を向いた。

「えーと、今回は、A区の科学館が自主制作するプラネタリウム番組の内容を、うちで企画するということです」

竹口さんは大きな体に不釣り合いな小さな声で話し始めた。

「プラネタリウムの番組は大まかに分けると、一般投影と学習投影の二種類があります。今回はそのうちの学習投影用の番組を作ります。主に小学生が対象です」

最近は投影機のメーカーが番組ソフトを制作して、実質的にはハードとソフトがセットで売られていること。そういったオート番組の導入で、解説員が実際に生で解説を行うプラネタリウム館が少なくなっていること。その味気なさを嫌って、番組を自分達で作りたいと考えているプラネタリウム館も多いこと。

また、運営元の自治体から設備投資の予算が下りず、最新の投影機や番組ソフトを購入できないので番組を自主制作するプラネタリウム館があること。

竹口さんはそれらを淡々と説明した。

「それで、番組のあらすじ、つまり物語の部分をうちから提案することになりました。先方の要望は小学生の校外学習用の番組で、初めて天体観測をする小学生を主人公にしたいそうです。以前うちで刊行した天体観測の児童書をそのままベースに使えば、天体写真やイラストもスライドにしてそのまま使えるし、使用許可の手配もすぐにできます。うちは自社で教育ソフトは作れなくても、コンテンツの企画という形で事業が展開できるのでは、と以前から社長に提案していたんですが。ちょうど今回の件があったので……」

竹口さんは「僕からは以上です」と言って着席した。

「まあ、そういうことだから、今回は竹口に進めてもらいます」

渡辺編集部長がそう締めくくり、ようやく朝礼が終わった。みんなは各自の席へ戻ってから口々に言い合った。

「確かに、全体のコストは削減されるかもしれないけど、うちの採算は取れるのかなあ?」

「ていうか、うちの会社、もう相当やばいのかもね」

「でもさ、メカ竹口のことだから、プラネタリウムのあのでっかい機械を作りたいとか言い出すかと思ったよ」

あはは、と笑いが起こると、竹口さんはこちらに一瞥《いちべつ》を投げてから、上着を持って部屋から出ていった。

もし人員削減ということになれば、真っ先に切られるのは契約社員の私だろう。また就職活動をする羽目になってしまうのかな。私は目の前にある電話機のボタンを指先でそっといじった。

お昼休みの前に、まだ送ることができずにいた父へのメールを書いた。とにかく事務的な短い文面に徹することだけを心掛けて書き始めたのに、画面上の「送信」をクリックするまで随分時間がかかった。

安川登志彦先生
お世話になっております。すこやか出版の藤井です。原稿を拝読しました。どうもありがとうございました。
今週、太田と研究室へ伺いますので、どうぞよろしくお願いいたします。
すこやか出版株式会社　藤井映子

たったこれだけ書くのに、お昼休みのほとんどを費やしてしまい、残りの五分で慌てておにぎりをお茶で流し込んだ。

午後、コピーを取っていると、そばを通りかかった太田さんに声を掛けられた。

「今朝のプラネタリウムの件だけど。竹口の仕事を手伝って欲しいんだ」

「私が、ですか?」

「うん。まあ何か頼まれたら、やる程度でいいからさ」

私は気乗りしないながらも「はい」と答えた。領収書の整理が一段落したところで、竹口さんの席へ向かった。

「あの、何かお手伝いすることはありますか?」

作業中に声を掛けられたのが気に食わなかったのか、竹口さんはパソコンのモニターから目を離さず、一度チッと舌打ちしてから私をじろっと見た。

「何も、ないけど」

黒縁の眼鏡《めがね》の下で「おまえにいったい何ができるの?」と言いたげな目をしていた。

——別に私は、手伝いたいわけでもないのに。ただ太田さんに言われたから、とりあえず訊いてみただけなのに。

私は「そうですか」とあっさり退散した。舌打ちの音が癪《しゃく》に障って堪らなかった。

ところが午後になって、急に竹口さんから呼ばれた。

「これ、うちで出している天文関連の児童書のリスト。在庫がある分だけでいいから、先方へ送って欲しいんだけど。今日これから送ると、いつ届く？」

「五時頃に宅配便の集配が来ます。遅くても明後日の午前中までには届くと思います」

「あ、そう」

竹口さんは私の顔を見ないまま、また自分の席へ戻っていった。「お願い」や「よろしく」のひと言もなかった。

——結局仕事を頼むくせに、さっきの態度は何なの！

私は書庫でガムテープを勢い良く剝《は》がし、いささかむきになって梱包《こんぽう》作業をした。

夕方、無事に宅配便を出し終えて自分の席へ戻ると、父からメールの返信が届いていた。

藤井映子様
お待ちしております。
安川登志彦

そのあまりに素っ気ない文面を見つめるうちに、何だかとても奇妙な感覚を覚えた。

父から手紙をもらったことなど、今まで一度もない。長い間ずっと疎遠だった父と、こんなふうに無機質なやりとりをしているのが不思議だった。

その日は雑用が立て込んで、会社を出たのは七時半を過ぎてからだった。電車を降りて家へ向かって歩いていると、けたたましいサイレンの音が聞こえてきて、消防車が横を通り過ぎていった。

私は歩道に立ち止まり、チカチカ点滅する消防車の赤いランプを見送りながら、あの日のことを思い出していた。

✦

小学六年生の冬、お正月を過ぎた頃、英和と和英、そして国語の三冊の辞書が家に届いた。

それは春から中学へ進学する私のために、東京にいる父が送ってくれたものだった。大型書店の名前がプリントされた化粧箱の中には、辞書以外のものは何も入っていなかった。

初めて触る英語の辞書。そして、今まで使っていた小学生向けの国語辞書よりも、ずっと分厚くて活字が小さい国語の辞書。

何だか自分が一気に大人になったような気がした。それから私は三冊の辞書を代わる代わる捲って過ごすことが多くなった。

その日は日曜日の午後で、母は伯父の店へ仕事に行っていた。ひとりで留守番をしていた私はピアノを弾くのにも飽きて、自分の部屋から三冊の辞書を茶の間へ持ってきた。

「カバ」はhippopotamus、peekabooは「いない、いない、ばー」。英語の次は国語だ。歴代天皇の一覧、冠位十二階の色分け、十二単《じゅうにひとえ》の着こなし、春の七草。炬燵《こたつ》に入って巻末の図表を眺めているうち、次第にうとうとしてきた。

夢うつつの中で、玄関のチャイムが鳴ったような気がした。すると、今度はドアを激しく叩く音が聞こえてきた。仕方なく私は、のそのそと炬燵から出た。

「映子ちゃん！　早く外へ出て！　火事よ！」

ドアを開けると、向かいの家のおばさんが血相を変えて私の腕を引っ張った。私はそれを振り切って、いったん家の中へ戻った。茶の間を見回すと、炬燵のそばに開きっぱなしの国語の辞書があった。

「早く！　早く逃げなきゃ！　ほら、映子ちゃん！」

おばさんから急かされたので、それを函《はこ》に収める時間の余裕はなかった。私は辞書を一冊だけ抱え、踵を潰《つぶ》したままのスニーカーを突っかけて玄関から飛び出した。門の外へ出る時、赤い火の粉がパチパチと降ってきてセーターの袖に付いた。

どうやら隣の家で、部屋に干していた洗濯物にストーブの火が燃え移ったらしい。冬晴れの乾燥した天気だったので、火は隣接する三軒に燃え移ってからようやく鎮まった。

伯父と一緒に慌てて戻ってきた母は、私の姿を認めると「良かった」と私の頭を撫《な》でた。そして、ふらふらと前へ進み、灰になった我が家を前にしばらく立ちすくんでいた。

半分燃えたピアノが、水を被《かぶ》った無残な姿を晒《さら》している。それを見た私は、思わず泣きそうになって「お母さん……」と母のそばへ寄っていった。

振り向いた母は、泣き笑いの表情で私を抱き寄せた。私が国語の辞書を胸に抱えているのに気付いて、力なく笑った。

「あんた、こんな重いものを持って逃げたのね。でも、こういう時はね、何にも持たないで、とにかく逃げなきゃいけないんだよ。わかった？」

「……うん。ごめんなさい」

「辞書、すっかり気に入ったみたいだったものね。今度、新しいものを買ってあげるから」

水浸しになった辺り一帯の黒い灰は、まだぷすぷすと白く燻《くすぶ》っていた。

私はしゃがみ込んで、焼け焦げた英和辞書に手を触れた。持ち上げようとすると、濡れたページが破れて指先に貼り付いてしまった。和英辞書はどこにも見当たらなかった。英語の二冊の辞書のことは諦めて、私は抱えていた国語の辞書を両手で強く握りしめた。涙を堪《こら》えるために、大袈裟な音を立てて洟《はな》を啜《すす》った。

再び足元に目をやると、灰で黒く染まった水が、解けたスニーカーの白い靴紐《くつひも》に染み込んでいる。私はそれをただじっと、為《な》す術《すべ》もなく見つめていた。


火事の後、私と母は近所の小さなアパートへ移り住んだ。母も私も、家がなくなってしまったことに相当打ちのめされていた。

——こんな時にもし、お父さんがいたら……。

母の前では決して口に出せなかったけれど、父の不在をそう嘆く度に心細さと悲しさと、やり場のない悔しさが込み上げてきた。

けれども私と母は、新しい生活の中で懸命に立ち直っていった。次第に「今度は部屋が少ないから、掃除が楽だね」と二人で笑う余裕すら出てきた。

いつの間にかもう、小学校の卒業式が間近に迫っていた。鴨居には真新しい私の制服が掛かっている。伯父夫婦がいろいろ工面してくれたおかげで、私は無事に中学校の入学式を迎えられそうだった。

三月の終わり、季節はずれの大雪が降った。

駅前に出かけた母から「バスが遅れているので帰りが遅くなる」と電話が来て、炊飯器のスイッチを入れておくよう頼まれた。

ずっと部屋に籠っていたので、どれだけ積もっているのか知らなかった私は、部屋の曇った窓を少し拭った。外はびっくりするほど一面真っ白で、ベランダの物干し竿《ざお》の上にも雪が器用に積もっていた。

私は窓ガラスに額をくっつけてみた。

雪のかけらはガラスに貼り付いても、滲むようにすぐ消えてしまう。そのまま目を閉じると、まるで音もなくしんしんと降る雪の微《かす》かな気配が聞き取れそうだった。

ふいに「お父さんのいる東京は、もう暖かいのかな」と思った。

目を開けると、窓の水滴が額から垂れて顔を伝った。

――あんなに辛《つら》かった時に、そばにいてくれなかった人のことなんか……。

自分が父に会いたがっていることに気付き、それを必死で打ち消そうとした。

母の電話から、もう随分時間が経っている。

我に返った私は慌てて台所へ行った。炊飯器のスイッチを押すと、カチッという音が冷え冷えとした台所に響いた。

5

「ではペリーがやって来ることを、幕府は事前に知っていたということですか？」

「ええ。鎖国の体制を取りつつ、当時はオランダや中国の船が度々日本に来ていたんですよ。それで幕府は海外事情をちゃんと把握していたんです」

「そうなんですか。教科書の記述は決まって『突然の来航に幕府は驚いた』となっていますが、実際は違うんですね」

二度目の打ち合わせのために、私と太田さんは父の研究室に来ていた。

「それとですね、よく『黒船四隻を率いてやって来た』と言われますが、そのうち蒸気船は二隻で、残りの二隻は帆船なんです。ペリーが来た日は風がなかったので、実際は二隻の蒸気船だけが入港したんですよ。ほら、帆船は風がない時には、動力を他の船に頼るしかありませんから」

今日の父は、紺色の背広にベージュのスラックス、レジメンタルストライプのネクタイに黒の革靴と、きちんとした服装をしていた。

昨夜、私は本棚から、あの火事で持ち出した国語の辞書を久々に取り出した。進学で上京する時、少し迷った挙句、結局引っ越しの荷物の中に入れてきたのだ。

本当は、先日初めて父の研究室を訪ねた際も、前日の晩はその辞書がやたらと視界に入り、気になって仕方なかった。けれども辞書を手に取る勇気より、十年以上会っていない父と顔を合わせなければならない緊張の方が大きかったので、開くことができなかった。

本棚に寄り掛かりながら恐々《こわごわ》と辞書を開いた途端、足元に何かが落ちた。床から拾い上げると、それは実家のすぐ近くにある神社のお守りだった。赤い布地に金色の糸で模様が織り込まれており、中央に白い糸で「無病息災」と刺繍《ししゅう》されている。

お守りを挟んでいたことなど、私はすっかり忘れていた。それくらい長い間、この辞書を開いていなかったということだ。

七五三や初詣など、お参りといえばいつも我が家はこの神社を訪れた。家のごく近所だったので、父との散歩コースの定番でもあった。

境内にはイチョウの木が並んでおり、秋になると「くさい、くさい」と鼻をつまみながら、父と一緒に銀杏《ぎんなん》を拾った。

——まあ、こんなにたくさん！　ありがとう！

ビニール袋いっぱいに実を拾って家に帰ると、母が褒めてくれるのが嬉しかったものだ。

「いやあ、とても面白いですねえ。不勉強なのでまったく知りませんでした。それにしても、政治や外交の世界であらかじめ根回しがあるのは、昔も今も変わりませんね」

私は太田さんの声で、ふと我に返った。

太田さんが笑って、父と私を交互に見ている。父は「そうですね」と言ってお茶を口に含んだ。仕事の本題に口を挟める立場ではない私は、とりあえず頷くだけだった。

「本当に興味深いお話ばかりで、こちらとしても一冊にまとまるのが楽しみです」

「ただ、なかなか二十編も話が思いつかなくて。現段階ではこれぐらいしか……」

「時間はまだまだあるので、どうぞごゆっくりお書きください。それと、お役に立てるかどうかわかりませんが、私どもでも何かネタを探してみます」

「ええ、お願いします」

最初と最後に挨拶をしたぐらいで、一度も父と会話することなく私は研究室を出た。エレベーターに乗ると、急に太田さんが「このままで、いいの？」と訊いてきた。

「え？」

「だってさ、せっかく再会できたのに。本当は話したいこと、いっぱいあるでしょ？　会社に戻る前に、ちょっと安川先生と話してみたら？」

私がそれに答えられないうちにエレベーターが一階に着いた。

「じゃあ俺は、これから『ばい菌バイバイ』の先生のところだから」

太田さんは「また後で」と言い残すと、急ぎ足で去っていった。いくら太田さんが気を遣ってくれても、もう一度六階へ上がって研究室のドアをノックするのはとても無理だった。私はそのまま建物の外へ出た。

向かいの建物の前は喫煙コーナーになっており、そこに自動販売機が並んでいた。気付けば、やけに口の中が渇いている。私は一番安い九十円の缶の緑茶を買って、ほぼ一気に飲み干した。

ひと息ついてから周りを見渡してみる。

この間は少なかったけれど、今日は構内に学生が溢れていた。誰もがみんな、まだ知らない未来にさえ自信を持っているような明るい表情をしている。かつての私も、こんな顔をしていたのだろうか。

飲み終わった空き缶を捨てて帰ろうとすると、入口の自動ドアから父が出てきた。まるで長身を詫《わ》びているかのような猫背の後ろ姿に、午後の日差しが当たっている。これから大学生協にでも行くのだろう。地下鉄の駅へ通じる道が同じ方向なので、私はその背中を追う形で歩く羽目になった。

大講堂の手前まで来た時、父のスラックスの後ろポケットから小さな黒い財布が落ちた。父はそれには気付かず、そのまま歩き続けている。

私のすぐ前にいた学生が財布を拾って、あろうことか斜めがけした自分のかばんの中に突っ込んだ。

父はどんどん離れていく。私は「ちょっと、すみません！」とその学生を呼び止めた。

「今、あなた財布を拾いましたよね。それ、あの先生が落としたんです」

私は「ほら」と前方にいる父を指差した。学生は一瞬うろたえたけれど、観念したようにかばんから財布を取り出した。そして何も言わずそれを私に差し出すと、ものすごいスピードで逃げていった。

財布を手にして走り出した私は、その背中に向かって「お父さん」と言いかけた直後、慌てて口をつぐんだ。

今さら面と向かってそう呼ぶことなど、到底できそうもない。私はいったん足を止めて深く息を吸ってから「安川先生」と声を掛けた。

振り向いた父は二、三度瞬《まばた》きをしてから私の顔をじっと見た。風が父の白い髪をそっと揺らしている。私は「これ、落としましたよ」と財布を手渡した。

「ああ、全然気付きませんでした。ありがとう」

私は「いいえ……」と返事をしながら、次の言葉を探していた。きっと父もそうだったと思う。お互いが交わす、ぎこちない敬語。それが二人の間に埋めることのできない、とても長い空白があることを告げていた。

風向きが変わったのか、辺りにコーヒーの香りが漂ってきて、私達の沈黙をゆるやかに包んだ。

「この大学のいいところは、構内にちゃんとしたコーヒーショップがあることなんです」

「ええ、初めて来た時は、びっくりしました」

「もし今、時間があるなら一緒にどうで……」

その時、私の上着のポケットで携帯が突然鳴った。

「すみません……」

「ああ、じゃあ、また……」

それだけ言い残すと、父は足早に去っていった。その場にひとり取り残された私は、慌てて電話に出た。

「お待たせしました。藤井です」

「あー、井上ですけどー。ねえー、プリンターのインクカートリッジのマゼンタって、もうないんだっけー？」

「昨日ストックを確認して、足りない分は補充しておきました。いつもの場所、コピー用紙が置いてある棚の、一番下にあるはずですけど」

遠ざかる父の背中を見つめながら私は答えた。

「えー、待って、ちょっと見てみるねー」

井上さんの鼻に掛かるような声を聞きながら下を向くと、ヒールの爪先が磨り減って革が剝げていた。毎月少ない給料でどうにかやり繰りするのに精一杯で、靴なんてしばらく買っていない。

「あー、ほんとだー、あったー。ごめーん」

再び顔を上げると、父の姿は私の視界からもう消えていた。

✦

チェーン店の居酒屋の座敷で、若田先輩はいつものように笑っていた。年に何度かある、このメンバーでの飲み会は吹奏楽部仲間の集まりだったはずなのに、今では繫がりがよくわからない人もたくさん参加している。

若田先輩は一昨日ようやくレコーディングがひとつ終わって、昨日と今日はオフらしい。来た早々に「俺、今日は昼まで寝ていたから、ガンガン飲むぞ」と意気込んでいた。

「若田先輩、また最近アイドルと仕事したんすか？」

「この間、曲を書いたんだ。来週レコーディング」

「えっ！　誰っすか？」

「グラビア出身の〇〇」

「ひゃー、マジっすか！　いいなあ！」

男子達はみんな盛り上がって、先輩の仕事について聞きたがった。

今回は、そのアイドルのアルバムに二曲提供してベースも弾き、アレンジもすべて担当したそうだ。ＣＤがお店に並ぶのは四カ月くらい先になるらしい。四カ月後、また私はＣＤのライナーノートを隅々まで見て、先輩の名前を探すのだろう。

飲み会の中盤、私は不自然にならないように注意して、先輩の隣に移動した。

「この間のチェロ、素敵でした」

「おう、サンキュー」

真っ赤な顔の先輩は、わざとらしく右手で「イエーイ」とVサインをした。

「ああいうボサノバにチェロって、合うんですね。すごく自然でした。自然だけど意外、意外だけど自然っていうか……」

「そう、そこなんだよ！　さすがヤス！」

先輩が私の肩を軽くポンと叩いた。

「俺は前から、ＢＧＭに何かフックみたいなものを入れられないかなって思ってたんだ。ただ聞き流されるだけのＢＧＭじゃなくて、耳にした人が『おやっ？』ってなるような、誰が弾いてるのか気になるような、そんな感じにできないかなって。俺にとって今回のボサノバは、かなり冒険だったんだよな」

――場の空気に軽く色を添える。

卒業式の曲を練習した音楽室で、先輩が言っていたことを思い出す。

「軽さを残しつつ、ほんの少しだけ色を強くするってことですね」

「そうそう！　だから『自然だけど意外』ってのは、すげえ嬉しいなあ。邪魔にならない程度に、でも少しだけ主張したいわけよ」

先輩は満足そうに焼いたホッケを箸でつまんだ。

音楽について熱く語る時、先輩の瞳は本当に澄んでいる。そんな先輩を見ていると「ものを作る人は、いいなあ」と思う。雑用アルバイトのような契約社員の私とは、決定的に違う瞳をしている。ないものねだり。だから私は先輩に惹《ひ》かれるのかもしれない。

危うく私の気持ちが疼《うず》きそうになった時、先輩が「そういえばさあ」と言った。

「ライブに一緒に来てたのって、友達？　すげえ地味だったな。何あれ？」

そのひと言で、たちまち先輩の瞳が濁った汚いものに見えてしまう。先輩が何気なく発した「あれ」という言葉に、がっかりしてしまう。

その胸のざわつきを悟られぬよう、私は努めて笑顔で答えた。いつものことなので、もう慣れっこになってしまった。

「大学の同級生なんです。中学校の社会の先生を目指していて、卒業してからも採用試験を受け続けている真面目な子なんです。私なんかは諦めちゃったけど、あの子はずっと続けているんです」

先輩は興味なさそうに「へえ」と言って、梅チューハイのジョッキに入っている大きな梅干を割り箸で潰し始めた。

女性に対する先輩の判断は「かわいい」「綺麗」の他は、全部「どうでもいい」と切り捨てなのだ。大学の同級生で「不細工に人権はない」と豪語して周囲から顰《ひん》蹙《しゅく》を買っていた男の子がいたけれど、先輩も同じようなタイプの男性だった。

大人になってから再会した先輩は、女性を外見で判断するような、軽蔑《けいべつ》すべき人間になっていたのだ。

程度の差こそあるものの、男性も女性も、本当は誰だって他人の外見を重視しているのだと思う。それを正直に口に出す分、まだ先輩はマシな方なのかもしれない。そう思ってしまうのは、先輩を想う気持ちが私にあるからかもしれないけれど。

きっと先輩は、いつも仕事で出会う綺麗な芸能人の女性と、麻布や青山辺りの小洒落た店でシャンパンなぞ飲んでいるのだろう。大きなお皿の中央だけに小さく盛られた料理を、ナイフとフォークを使って上品に食べているのだろう。自分で作詞や作曲をしないくせに、自らを「アーティスト」と称するような女性タレントを相手に、コード進行がどうの、コーラスの重ね方がどうの、アレンジがどうのなど、それらしく語って「若田さんって素敵！」と言われてデレデレしているのだろう。

たぶんその女性のほとんどは、真冬でもノースリーブを着るような人達だ。そういう華やかな女性とは、こんな安くて汚い居酒屋なんかには決して行かないのだ。

それでも先輩の周りにいる綺麗な女性達は、今私の隣にいる、焼きホッケの食べ方が下手だったり、梅干を割り箸でぶすぶす潰したり、トマちゃんのことを「あれ」呼ばわりしたりするような先輩のことは知らないだろう。

先輩にとって私は「どうでもいい」とカテゴライズされた「ただの後輩のヤス」なのだ。そのラインを決してはみ出さぬよう、私はいつも留意しているのだ。

先輩のことを嫌いになれれば、そして軽蔑できれば、どんなに楽だろう。嫌なところも含めて好きでいるなんて、そんなもの好きは、たぶんこの世で私ぐらいだろう。

だからせめて、ひとかけらだけでも、私に気持ちが向いてくれればいいのに。そう考えてしまった後、瞬時にそれを打ち消す。

そろそろ席から離れようと思っていると、若田先輩が「この間さあ」と新しい話題を切り出した。

「昔から尊敬している大先輩の人と、一緒に仕事したんだ。一曲の中でストリングスもホーンもバンバン鳴って、すげえ勉強させてもらったって感じ。俺も早くアルバム全曲のアレンジを全部担当するようになりたいんだよなあ」

「そうすると、いよいよプロデューサーですね。もう射程内じゃないですか」

「でもここからが、なかなか難しいわけよ。あーあ、いつか俺も『あいつにならホーンもストリングスも、どっちも安心して任せられる』って言われるくらいになりたいんだよなあ」

「先輩なら大丈夫ですよ。きっと近いうちに、なれますよ」

「おう、ヤスに言われると、何だか心強いなあ」

また邪気のない笑顔に戻った先輩の横顔を見ていると、外見で女性を冷たく切り捨てる人と同一人物とは思えない。こうやって、嫌なところがいつも帳消しになってしまう。

「ヤスは最近、どうよ？　何か変わったことあった？」

私は一瞬だけ躊躇《ためら》ってから「何もないです」と答えた。我ながら本当につまらない答え方だなあと呆《あき》れた。

「仕事は？」

「ええと、今度うちの会社で、プラネタリウムの番組を作ることになったんです」

「へえ、面白そうだなあ！」

先輩の喰《く》い付きぶりに、心の中で「どうせ私は、ただの雑用ですけど」と呟いた。

「俺もプラネタリウムの音楽作ったことあるよ。まだ学生の頃だけど」

「本当ですか？」

「ああ。でもあれって、プラネタリウムだったのかなあ？　う－ん、何だっけ？……そうだ、確か『全天周映画』っていうんじゃなかったかなあ。宇宙っぽい感じの音を出すために、俺、張り切って大学の先輩から、すげえ高いシンセを借りたんだよ。それなのに番組の内容が星とか宇宙のことじゃなくて、交通安全だったからガッカリしたんだよなあ」

詳しく話を聞くと、それは科学館の中にあるプラネタリウムで放映された、子供向けの交通安全啓蒙《けいもう》番組だった。自治体の施設なので、朝礼で竹口さんが言っていた「オート番組」ではなく、たぶん自主制作の番組の方かな、と思った。

「子供がアヒルと一緒に横断歩道を渡るアニメのシーンでさ、クライアントから『ガアガアって鳴き声を入れてください』とか注文されて、仕方ねえから俺、自分でガアガア言ったのをサンプリングしたんだよなあ」

「アヒルの鳴き声、先輩の声なんですか？」

「そう」

若田先輩は「ガアガア」と口を尖《とが》らせながら、私の肩に寄り掛かってきた。だいぶ酔いが回っているのだろう。私は笑いながら先輩をかわして、元の席へ戻った。

店を出てから、何人かで連れ立って駅までの道を歩いた。街路樹の葉が風にざわめいて音を立てている。ついこの間まで夏だったはずなのに、もう風が秋に変わりつつある。

「あー、そういえば、来週テレビの収録があるんだ」

「えっ！　また、グラビアの○○っすか？」

「違えよ。おまえ、そんなに○○好きなのかよ」

若田先輩と男子のやり取りに、みんなが笑った。

「音楽番組のバックでベース弾くんだ。まあ、あんまり映らないと思うけど」

「いつですか？」

「オンエアは一カ月くらい先だったかなあ？　土曜日？　あれ、ちょっと忘れちまった」

信号が赤へ変わったのに気付かず、そのまま横断歩道を渡ろうとした私を、若田先輩が止めてくれた。目の前をタクシーが二台、スピードを上げて通り過ぎた。

「危ねえな」

「……すみません」

急に先輩に腕を摑《つか》まれた私は、体中の血液が自分の顔に一気に集まってくるような心地になった。秋を含み始めたばかりの夜風が、熱くなった私の頬を冷ますように撫でた。

別れ際、私は上り電車のホームへ向かおうとした若田先輩を呼び止めた。

「テレビ、放送日がわかったらメールください」

「おう」

若田先輩は「じゃあ、またな」と軽く手を振って、階段を上がっていった。

✦

電車を乗り継いで帰宅すると、とうに日付は変わり、夜中の一時を過ぎていた。

冷蔵庫に入っていたミネラルウォーターの残りを立ったままラッパ飲みして、カーディガンを脱いだ。何もかも嫌になってそのままベッドに入ってしまう前に、コンタクトレンズをはずして、とにかくお風呂に入っておこう。そんなにお酒を飲まなかったから、少しだけぬるめのお湯に浸《つ》かろう。私は浴槽にお湯を張るつもりで、お風呂場のドアを開けた。

「うわ！　何これ、汚い！」

白い床の隅の方に黒いカビが点在している。よく見ると、ところどころに赤いカビも浮かんでいる。そういえばこのところ、忙しさにかまけて掃除をさぼっていた。普段の裸眼ではなく、コンタクトレンズ越しで目にする床のカビは、黒と赤の斑《まだら》模様がうねって飛び出して見えてきた。

やっぱり酔っているのかもしれない。湯船に浸からず手早くシャワーだけで済まそう。

私は手近にあったカビ取り剤のスプレーをお風呂場の床に撒《ま》き始めた。本当は晴れた日の日中、換気を気にしながら使わなければいけないのだろう。けれども、今から洗剤を付けたスポンジでカビを擦《こす》り落とすだけの気力が、もう残っていなかった。

カビ取り剤の塩素のにおいが鼻を突いた途端、もう長いこと忘れていたはずの記憶の回路に突然電流が通った。

「ああ、もう嫌……」

私はお風呂場から出て、洗面所の床にしゃがみ込んだ。

夏休みの、若田先輩のプールのにおい。中学生の時、午後から吹奏楽部の練習に来た先輩からほのかに漂っていたのは、こんな感じの塩素のにおいだった。制服の白い半袖シャツから伸びる、日焼けした腕。音楽室で「弦バス」を弾いていた腕。

さっき横断歩道の手前で私を制した腕は、血管が浮き出てゴツゴツした、完全な大人の男性のものへと変わっていた。

恋とか愛とか、好きとか惚《ほ》れたとかじゃないのなら、中途半端に優しくなんてしなくていいのに。あんな笑顔を見せなくていいのに。「さすがヤス！」とか、調子のいいことばかり言わないで。あんな胸を掻き毟《むし》るようなチェロなんか聴かせないでよ。

ずっと「中学生時代の憧れの先輩」のままで良かったのに。もう一度会わずにいた方が良かったのに。

大人になってから再び若田先輩に会ってしまったせいで、それまでの私が満足していた日常のいろいろなものが霞《かす》んでしまった。それまでのいくつかの恋愛すら、急に価値のないものに思えてしまった。そして何よりも、自分自身のことが平凡でひどくつまらない人間に思えてしまった。

大人になって少し汚れた若田先輩に幻滅しつつ、それを承知で私は惹《ひ》かれている。何度も打ち消そうとしたはずなのに、先輩を想うこの気持ちには抗《あらが》うことができない。単に腕を摑まれたくらいで、卒業式の舞台の袖にいた時と同じように心臓を惑わせている。

——父に、会ったんです。

さっき、先輩から「何か変わったことあった?」と訊かれた時、本当はそう答えたかったのだ。もし若田先輩が今でも中学生の頃のままだったら、きっと私は真っ先に父のことを話したと思う。また一緒に、サイコロキャラメルを頬にコロコロ転がすことができたら、どんなに素敵だろう。でも、今の若田先輩には話す気になれないのだ。

どうして、今、なのだろう。

父と若田先輩の二人が、どうしていっぺんに私の日常をこんなにも激しく攪拌《かくはん》するのだろう。まるで、中学生だった私には難し過ぎて解けなかった宿題や、忘れたふりをしたままごまかした提出物の類を、もう一度今、厳しく求められているような感じだった。

教師になれないのなら、せめて先輩への想いが叶えられたらなんて、そんな都合の良いことを考えてしまうこともある。先輩と再会する前は、教師になれるのなら、この先の願いごとなんか、そんなことはもうどうでも良いと思っていた。そもそも他の何かを願うこと自体、欲しないと思っていたから。

それくらい本気で目指していたのに、結局、私は夢を叶えることができなかった。父の不在に心を苦しめて必死に過ごした先が、こんな何もない未来だなんて。夢を叶えられない未来だなんて。

中学生の私は、こんな未来は想像していなかったはずだ。特別すばらしい未来を期待していたわけではないけれど、こんな何ひとつとして確かなものを手にしていない、かわいそうな未来が待っているとは思いもしなかった。

お酒のせいだけではなく、カビ取り剤の化学的な成分の何かが、きっと私を混乱させているのだろう。だからこんな真夜中に負の思考に搦《から》め捕られて、もがいているのだ。

よろよろと私は立ち上がり、洗面所の小さなルーバー窓を開けた。換気扇の鈍い音が一瞬変わり、塩素のにおいが風に乗った。

――映子ちゃんらしくないね。

トマちゃんのひと言が、ふいによぎる。

私らしさって何？　トマちゃんは教師になる夢を追い続ける、とても偉い子。若田先輩は夢を叶えて華やかな世界で生きる、向こう側の人。

私は夢を諦めて毎朝満員電車で通勤する、ただのしがない契約社員。

ないものねだり。先輩に対する私の不器用な想いは、それを通り越して、もはや単なる身の程知らずに過ぎない。

どうして人を好きになると、こんなにも孤独に苛《さいな》まれるのだろう。心に想う人が誰もいなかった時には平気だったはずなのに。いくらでもやり過ごせたはずなのに。

若田先輩のことを考える時はいつも、自分の中に満ちていく孤独の、そのあまりの濃さに自ら噎せそうになる。

6

時折、竹口さんから頼まれるようになった仕事は、本当に「雑用」としか呼べぬような、つまらない用事ばかりだった。今日の午前中に頼まれたのは、本を発送するための段ボールを三つ用意しておくことだった。

午後になってから、コピーを取っている私のところへ竹口さんがやって来た。

「夕方帰るまでに、赤いセロファンを三十枚買ってきて」

——赤いセロファンをそんなにたくさん、何に使うんですか？

私は疑問に思ったことを口にせず、事務的に「わかりました」と返事をした。

あれから、プラネタリウムの番組制作について何か説明されるようなことは、もちろんなかった。竹口さんが取り組んでいる仕事について、雑用係の私は何も知らない。私ごときが知らなくても、会社全体の仕事は構わずきちんと進んでいくのだ。

井上さんから頼まれている荷物を郵便局へ出しに行くついでに、近所の文房具店に寄ってこよう。

——あ、でも……。

私は竹口さんに「あの……」と切り出した。

「どれくらいの大きさですか?」

「大きさ?」

自分の席に戻ろうとした竹口さんが、あからさまに怪訝な顔をした。

「一枚の大きさが、どれくらいのセロファンを買ってくればいいんでしょうか?」

「ああ、適当で。とりあえず三十枚」

——適当って言われても、困るんですけど。

私は再び「わかりました」と答えて、コピーの続きを取ろうとした。

「おい竹口、明日の天体観望会、藤井さんを連れていったら?」

急に太田さんが、竹口さんに向かって言った。竹口さんは「は?」というような顔で、太田さんの方を見た。

「いえ、自分ひとりで大丈夫ですから」

「だって学校の校庭でやるんだろ？　藤井さんは学校の先生の免許を持っているから、子供の扱いに慣れていると思うよ」

「望遠鏡の操作とか、天文の知識がない人が現場に来ても、仕方ないですから」

――はいはい、すみません、どうせ役立たずで。私なんかに、できることなんか何もないですよ。行きたいとも思っていませんから、大丈夫ですよ。

私は心の中で呟き続けながら、コピー機の液晶画面を操作した。拡大と縮小の倍率を交互に変えなければならない資料だったので、ミスしないよう、集中したかった。

「おい竹口、ちょっと来い」

太田さんの荒い口調に、居合わせた編集部の社員達が焦った。思わず私もコピーを取る手を止めた。竹口さんは、渋々といった感じで太田さんの机の前に行った。

「あのな、現場のことは、現場で覚えるしかねえんだよ」

久々に声を荒らげた太田さんは、顎をしゃくりながら竹口さんを睨《にら》み付けた。

「いいか、おまえが『プラネタリウムの番組を作るために、観望会の参加者の反応を見るのは役に立つ』って言うから、今回は出張扱いにしてやったんだからな。だから明日は一緒に行くこと。いいな？」

——え？　私も？

何か言いたげな顔のまま、竹口さんは「はい」とだけ言って部屋を出ていった。手を止めて二人の様子を恐々と窺っていた他の社員達も、それぞれ自分の仕事に戻った。

「そういうわけで、藤井さん、明日は残業だから。よろしく」

「あ、はい。わかりました」

私は事態を飲み込めないまま、とりあえず返事をした。

文房具店へ行ってみると、セロファンはB５判の一種類しか置いていなかった。私は迷うことなく、十枚入りの赤いセロファンを三つ買った。

夕方、定時の五時半に上がる前、私は竹口さんのところへセロファンの入った紙袋を持っていった。

「明日来るなら、それ、藤井さんが持ってて」

「はい」

私は、いったん差し出した紙袋を引っ込めた。

「他に何か用意するもの、ありますか？」

竹口さんは、少し考えてから「タオル」と言った。

「タオル、ですか？」

私が少し面食らって訊き直すと、竹口さんが頷いた。

「どれくらいですか？」

「そんなに大きいのじゃなくて、いいから」

「いえ、あの……大きさじゃなくて、何枚くらいですか？」

ばつの悪そうな顔をした後、竹口さんは不機嫌そうに「適当で」と言った。

せっかく言葉を選びつつ気を遣って質問したのに、何だか私が悪者にされてしまったような感じだった。

——だから、適当が一番困るんだってば！

私はイライラしながら、給湯スペースの食器棚の引き出しを開けた。出入りの業者からお年賀としてもらったタオルが、封を切らずに何枚もしまってあった。

——タオルを持っていけ、だなんて。どういう意味？　おまえみたいな専門知識を持ち合わせていない契約社員は、せいぜいタオルを持っていくことぐらいしか、できないだろ、ってこと？

私はビニールの封をベリベリと乱暴に開けて、タオルを十枚、セロファンの入った紙袋の中に詰め込んだ。

結局、明日の詳しいことは竹口さんから何も聞かされなかった。

場所が校庭らしいから、とりあえずスカートとヒールの靴はやめよう。両手が空くように、斜め掛けできるかばんの方がいいかな。

帰りの電車で、ずっとそんなことを考えていた。

✦

「今夜の観望会のテーマは、土星と二重星のアルビレオです」

夕方のまだ明るい時刻、小学校の校庭の片隅にスタッフが集合した。

「今は南の空には夏の星座が多く陣取っているので、秋の星座の話は少し早いと思います。ちょうど観望会の途中で、ペガススの秋の四辺形が東の空から上ってきますけどね。先月の観望会では主に夏の大三角の話をしたので、今日は同じはくちょう座でも趣向を変えて、アルビレオについて話したいと考えています」

私と竹口さん以外の五人は、小学校の先生やボランティアの星空ガイド、自治体の生涯学習施設の職員だった。予想通り、最初の顔合わせで竹口さんが私のことを紹介してくれなかったので、私は後で自分から挨拶を交わした。

「観望会は初めてですか？」

ガイドの人に訊かれたので、私は正直に「はい」と答えた。

「じゃあ、お持ちくださったセロファンを、懐中電灯のこの部分に巻いていきましょう」

「はい。あの、本当に何もわからないので、初歩的な質問で恥ずかしいんですけど……。どうしてセロファンを巻くんですか？」

「懐中電灯の光は、実はものすごく明るいんですよ。せっかく星を観に来たのに、目を刺激するので邪魔になっちゃうんです。だから明るさを減らすために、こうしてセロファンを巻くんですよ」

「そうなんですか」

――セロファンを買いに行く前に、ちょっと竹口さんが教えてくれれば済むことなのに。まあ私は相手にされていないからな。

竹口さんは少し離れた場所で、生涯学習施設の職員と一緒に天体望遠鏡を組み立てていた。私のことなど、まったく気に留めていないようだった。

会社からここまで来る電車の中でも、竹口さんとの間に会話らしきものは、ほとんどなかった。セロファンとタオルの入った大きな紙袋を持ってくれるような、そんな気遣いすらなかった。

――本当に、嫌な感じの人。

私は心の中で、そっと舌打ちをした。


ひと通り準備が整った後、私は望遠鏡を囲んでいたスタッフの人達に呼ばれた。小学校の先生から「ここを覗いてごらん」と促されたので、顔を近付けた。

「うわ！　これ土星ですか？　輪っかがあります！」

自分の視界に、会社で見た図鑑の写真と同じような土星がある。驚いた私が素《す》っ頓狂《とんきょう》な声を上げると、周りからどっと笑いが起こった。

竹口さんもおかしそうに笑っている。会社では一度も見たことのないような顔だった。

「初めて望遠鏡で土星を観た人の、標準的で理想的な反応ですねえ」

ガイドの人は「今夜の観望会のテーマは、まさにそれですよ」と、満足そうに頷いた。天体の中でも輪がある土星の観察は、観望会で人気らしい。土星は肉眼で見える、最も遠い惑星なのだそうだ。

「すごいです！　私、初めてです！　すごく綺麗なんですね」

まだ明るい夕空に浮かんでいる土星を、もう一度私は覗いた。


少しずつ辺りが暗くなり始めると、ぞろぞろ人が集まってきた。そのほとんどが、この小学校に通う児童と保護者だったけれど、近隣の人々もいるようだった。中学生や高校生の他にも、幼稚園くらいの孫を連れたお年寄りや、若い夫婦連れもいた。

「こちらから一列に並んで受付をお願いしまーす。保護者の方々に、お願いしまーす。小さいお子さんは必ず手を繋いで、常に一緒にいるようにしてくださーい」

夜の校庭という非日常が、子供達をはしゃがせるのだろう。拡声器で話す先生の声が掻き消されてしまうほど、受付を待つ列は賑《にぎ》やかだった。私は列の最後尾に立って、参加者の誘導をした。

今夜の観望会は、これでも小さな規模のものらしい。二台の天体望遠鏡は、それぞれ土星観察用と二重星アルビレオ観察用とに分けられ、参加者が順番に覗くことになった。

参加者の列が落ち着いた頃、また私も望遠鏡を覗いた。

土星は夕方観た時よりも空が暗くなった分、くっきりと輪が際立っていた。土星本体は綺麗な真ん丸ではなく、少しだけ潰れたお饅頭《まんじゅう》のようだった。

——お饅頭って……。

何だか自分の喩《たと》え方が、あまりに子供っぽく貧相で情けなく思った。

「土星の輪っかは何でできているか、知っている人、いますか？」

ガイドの問い掛けに、何人かの子供が口々に「石ころ」「氷」「小さな星」と答えた。

「正解は、氷の粒です。小さな氷の粒がたくさん集まって、あんなふうに綺麗な輪っかに見えるんですね」

やはり子供達には土星の方が人気なのか、もう一台の望遠鏡は列に並ぶ人が若干少なかった。二重星という言葉も、アルビレオという星の名前も、どちらも私にとっては初めて聞くものだった。

「アルビレオは、ちょうど白鳥のくちばしに当たります。小さくて青い星は五等星、大きくて黄色い星は三等星です」

列の最後を見届けてから覗かせてもらうと、望遠鏡の円い視野に黄色っぽい星が、そのすぐ斜め下に小さな青い星が見えた。

「皆さん、宮沢賢治の『銀河鉄道の夜』を読んだこと、ありますか？　あれに出てくる『アルビレオの観測所』のモデルは、実はこの星なんですよ。宮沢賢治はこの美しい色を『青宝玉《サファイア》と黄玉《トパーズ》の大きな二つのすきとおった球が、輪になってしずかにくるくるとまわっていました』と表現しています」

私はガイドの人の説明を聞きながら、児童書を扱う会社に勤めている身で『銀河鉄道の夜』に出てくることを、単に「知らない」のひと言で済ますのは、さすがにまずいと反省した。もし井上さんにばれたら「そんなことも知らないの？」と、馬鹿にされてしまう。

「大きい方の星、黄色かなあ？　オレンジに見えない？」

「そう？　あたし、ちゃんと黄色に見えるけど」

「えー、どっちかっていうと、白じゃない？」

「うそー、何それ」

傍らで、小学生の女の子達が笑い合った。

楽しそうにお喋りしている様子を聞きながら、私は「えびフライ」の感想文のことを思い出した。

子供は、ひとりひとり感じ方や考え方、受け止め方が違って当然なのだ。面接で、最近の中学生をひとくくりにできなかったトマちゃんは、やはり正しい。

竹口さんはタオルを持って望遠鏡の横に立っていた。ガイドの人が「夜露が降りて望遠鏡が濡れるので、タオルは観望会の必須アイテムなんですよ」と教えてくれた。

「あまり今日はシーイングが良くないなあ。土星の縞《しま》模様が見えないよ」

「ええ。カッシーニの空隙《くうげき》も無理っぽいですね」

私には周りの人達が何を言っているのか、さっぱりわからなかった。会社ではあんなに無愛想な竹口さんが、いろんな人と親しげに、時折笑みすら浮かべて話している。私は違和感を覚えずにはいられなかった。

観望会の終盤、小さな男の子の手を引いた年配の女性が、ガイドの人に「あの、ちょっと質問があるんですけど」と声を掛けてきた。

「亡くなった祖父から、長寿星っていうのがあるって聞いたことがあるんです。『その星を見ると長生きできる』って、昔から言われているんだって。私が今のこの子くらいの頃に聞いた話なので、うろ覚えなんですけど、本当にそういう星って、ありますか？」

「ああ、カノープスのことですね」

ガイドの人は手元のノートパソコンを手早く開くと、天文シミュレーションソフトの画面を示した。

「カノープスは、りゅうこつ座という星座の中の星です。お隣の中国では『南極老人星』と呼ばれることもありますね」

「南極老人？」

「日本の七福神の寿老人《じゅろうじん》は、この南極老人星の化身とされています。それで『その星を見ると長生きできる』という言い伝えがあるそうですよ」

「そうですか。本当にあるんですね。ここからでも見えますか？」

女性が嬉しそうに声を弾ませると、ガイドの人は「東京では難しいんですよ」と、少し困ったように答えた。

「カノープスは、全天で一番明るいことで有名なシリウスの次に、二番目に明るい星なんです。でも北半球では地平線の近くにしか見えないので、あまり明るく感じないんですよ。地平線の辺りは大気の影響を受けやすいですから。東京だと一番高く上がった時でも、本当に地平線すれすれのところに見えるか見えないか、って感じですね」

ガイドの人が「この天文ソフトで見てみましょう」とマウスをクリックした。

「ほら、この星がカノープスです。今この画面は、十月三十日午前四時の、東京の南の空です。来月に入ると明け方の空に見えるはず、ですね」

「明け方しか見えないんですか？」

「もう少し冬になってから、そうですねえ、一月の終わりで夜の十時、二月の半ばで夜の九時くらいに、南の空に上がってきますよ。まあ、低いところなので、見るのは難しいですけどね」

「そうですか」

女性は少し残念そうだったけれど、パソコンの画面上のその星を、しばらく興味深そうに見つめていた。


午後八時三十分、観望会が無事に終了して後片付けが始まった。

望遠鏡の片付け方がわからない私は、とりあえず懐中電灯や濡れたタオルを集めたり、校庭に落ちている小さなゴミを拾ったりした。

「お疲れさまです。ゴミはこれに入れてくださいね」

ガイドの人が自治体指定のゴミ袋を手渡してくれたので、私も「お疲れさまです」と答えた。

「いかがでしたか？　初めての観望会は」

「すごく楽しかったです。どうもありがとうございました」

「それは良かった。初めて参加した方がそう思ってくれると、ガイドとして嬉しいです」

「土星の輪っかも感動したし、アルビレオも綺麗でした。あ、そういえば、さっきの長寿星のお話も、とても面白かったです。七福神の神様が星だなんて、私、全然知りませんでした」

「ああ、カノープスはね、なかなか話題が豊富な星なんですよ。あまり見ることができない星なので、昔からすごく不思議で、ありがたい星だと思われていたみたいなんですね。実は他にも面白い話があるんですけど、その中でも僕は日本史の話が大好きなんです」

「日本史、ですか？」

「ええ。日本で西暦九〇一年に元号が『延喜《えんぎ》』に変わったのは、都でカノープスが見えたからなんですよ」

ひとつの星の出現で、元号が変わった……。

「その星のこと、もう少し詳しく聞かせていただけませんか！」

思わず私は、ガイドの人に前のめりで詰め寄った。望遠鏡を片付け終えた竹口さんが、ぽかんとした表情をして私の方を見ていた。

7

「ビンゴ、ビンゴ！　よし、それでいこう！」

次の日、カノープスと延喜のことを話すと、太田さんは笑顔で同意してくれた。

「いやあ、まったく藤井さんは、観望会で思いがけない収穫をしてきてくれたなあ」

自分の提案が認められたのはとても嬉しいけれど、さっきから井上さんが私と太田さんの方を、ちらちら見ているのが気になる。また何か嫌味を言われそうだ。

「じゃあ、安川先生に連絡しておいて」

「えっ？　でも、私じゃ……」

「俺、今日は部長と出かけるし、今週は『ばい菌バイバイ』に掛かりっきりだからさ」

太田さんは「そういうことで、よろしく」と言い残して、三階へ下りていった。

自分の席に戻る途中、井上さんから「ちょっと、藤井さん」と手招きされた。見るからに不機嫌そうな顔をしている。仕方なく私は「はい」と返事をしながら、井上さんのところへ向かった。

「ほら、あそこのコピー用紙が、もうなくなりそうじゃないの」

指差された方を見ると、コピー機横の棚に置いてあるストックが、あと一包装分だけしか残っていなかった。

「あ、そうですね。じゃあ倉庫から出してきます」

「藤井さん、こういうことはね、本当は私に言われる前に自主的に気付いて、ストックを切らさないように補充しなくちゃいけないのよ。いい？　あなたは契約社員なんだから」

「……すみません。気を付けます」

——あなたは契約社員なんだから。

倉庫の中で、段ボール箱からコピー用紙を取り出している間中、井上さんの言葉が耳から離れなかった。

自分の席に戻ってから、私はパソコンを前に深呼吸をした。自分のそんな仕草が何だかわざとらしく思えて、心の中で苦笑した。

今から書くのは、生き別れた父親宛てのメールではなく、単なる仕事の連絡メールなのだ。そう言い聞かせて、なるべく簡潔に書くように努めた。

安川登志彦先生

お世話になっております。すこやか出版の藤井です。

その後、原稿のお進み具合はいかがでしょうか?

先日、業務で天体観望会へ出かけた際に、大変興味深い話題を耳にしましたので、その旨をご連絡いたします。

カノープスという名前の星があるのですが、西暦九〇一年に元号が「延喜」と改められたのは、都でこの星が見えたからなのだそうです。中国では「南極老人星」と呼ばれており、七福神の寿老人の化身だと言われているそうです。冬の空の低いところに位置する星なので、東京ではなかなか見ることが難しい星ということでした。

以上、少しでもご参考までにと、お知らせした次第です。

引き続き、原稿の方をどうぞよろしくお願い申し上げます。
すこやか出版株式会社　藤井映子

本の内容に関することを、太田さんではなく、本当に私が直接連絡しても良いのだろうか。何度も逡巡《しゅんじゅん》した後、私は恐々と画面上の送信ボタンをクリックした。

三階から戻ってきた太田さんに、メールを送ったことを報告しても、太田さんは「ご苦労さん」と言うだけで、すぐに渡辺部長と一緒に外へ出かけていった。

お昼休みの後、もう一度メールソフトを開くと、父から返事が届いていた。

藤井映子様
ご連絡ありがとうございました。

カノープスと延喜のことをお知らせくださり、どうもありがとうございました。

とても面白いテーマなので、ぜひ今回の本の中で取り上げたいと思います。

偶然ですが、ちょうど源平合戦と日食のことについて書いていたので、これで天文と歴史に関するネタが二つ揃いました。

そこでお願いがあるのですが、天文に関することについて私はまったくの素人なので、日食のこともカノープスのことも、どの程度まで書くべきなのか、その度合いに迷っています。御社発行の子供向けの本を参考にさせて頂きたいのですが、お借りしてもよろしいでしょうか?

どうぞよろしくお願いします。

安川登志彦

私は、前に竹口さんから手渡された、天文関連の児童書リストを机の引き出しから取り出して、書庫へ向かった。

リストに上がっている十二冊の本のうち、在庫があるのは八冊だった。父が参考にしたがっているのは、どんな感じの児童書なのか、自分ではよくわからない。太田さんも出かけてしまって、今日は夕方まで戻らない予定だ。

――そうだ、竹口さんに訊いてみようか。

私は書庫から編集部へ戻り、竹口さんの席へ近付いた。

「あの、竹口さん、すみません」

いつものように、パソコンのモニターから目を離さないまま、竹口さんは「何？」とだけ答えた。

「ちょっとご相談したいことがあるんですけど、今よろしいですか？」

「どんな用件？　急ぎ？」

「いえ、その、急ぎではないんですけど」

「じゃあ、後にして。というか、俺じゃない人に相談してよ」

そう言って竹口さんは、手元のマウスをせわしなく、カチカチと何度もクリックした。観望会の時は、あんなにいろんな人と楽しそうに笑っていたくせに、どうして会社ではこうなんだろう。

――この二重人格野郎め！

私は心の中で叫んで、また書庫へ向かった。

✦

朝のラッシュを終えた十時過ぎの地下鉄は、そんなに混んではいないものの、座れるほど空《す》いてはいなかった。私は太田さんと並んでドアの前に立った。

「あ、重いでしょ、それ。俺が持つよ」

そう言って太田さんは、私の手から「すこやか出版」の社名が入った紙袋を取った。天文関連の児童書は、結局八冊のうちから四冊を持ってきた。

「あ、大丈夫です」

「いいから、いいから。貸して」

「ありがとうございます」

太田さんと違って、あの竹口さんは、観望会へ出かけた時も荷物を持ってくれなかったし、昨日も相談に乗ってくれなかった。

私がそう思っていると、太田さんが口を切った。

「竹口とのプラネタリウムの件、あれからどうなった?」

「特に何も、指示されていませんけど」

「まったく、あいつは協調性とか、そういうものがゼロなんだよなあ」

「でも竹口さん、観望会の時は、星空ガイドの人やスタッフの人達と、すごく楽しそうに笑いながら話していましたよ」

「えっ！　そうなの？　あいつが？」

「はい。会社では見たことないような顔をしていたので、私もびっくりしました」

太田さんは「そうなのかー」と、一瞬考え込むような表情になったけれど、すぐに「ま、適当でいいからさ、よろしく頼むよ」と、いつもの笑顔になった。

――だから、適当が一番困るんだってば。

そう思いつつ、私は「はい」と返事をした。

「そんなことよりも、今日の俺のミッションは、とっても重要な昼飯をセッティングすることなんだよね」

「お昼、ですか？」

「そう」

私は意味がわからず、ただニヤリとしている太田さんの顔を、不思議そうに見つめるしかなかった。

✦

「これを見てください」

父は、研究室へ到着した私と太田さんに、一冊の本のページを示した。

開元黄紙詔　開元の黄紙の詔《みことのり》
延喜及蒼生　延喜は蒼生《そうせい》に及ぶ
一為辛酉歳　一つは辛酉《しんゆう》の歳《とし》の為《ため》なり
一為老人星　一つは老人星の為なり

「これは西暦九〇一年七月十五日、元号が延喜に改められた時に、その詔書を大宰《だざい》府《ふ》で読んだ菅原道真が記した詩です。ほら、ここを見てください。『老人星』と書いてありますね」

私と太田さんは、父が指差したところを覗き込んだ。太田さんが「ああ、本当ですね」と言ったので、私も頷いた。

「西暦九〇一年は醍醐《だいご》天皇の時代なんですが、前の年の秋に都でカノープスが見えたことが、改元の理由のひとつだと言われています。とてもおめでたい星として『南極老人星』と呼ばれて、崇《あが》められていたようです」

「そうですか。じゃあ藤井が仕入れてきた情報は、間違いではなかったんですね。テーマとして、とても面白いと思いますが、いかがでしょうか？」

「ええ、ぜひ書きたいと思います。ただ、その、カノープスのことをどういうふうに書けばいいのか、私にはちょっと……」

「ああ、そうでした。今日は、弊社で出している天文関連の児童書を、いくつか持って参りました」

　私は太田さんの足元に置いてあった紙袋の中身を取り出して、テーブルの上へ並べた。太田さんから目で促されたので、私は父に向かって言った。

「こちらの二冊が小学校中学年向けのもので、こちらの二冊は高学年向けの書籍です。カノープスのことに触れている箇所に付箋《ふせん》を貼っておきました。それと、日食のことについては高学年向けの、こちらの書籍に一番詳しく書いてあります。よろしければ参考になさってください」

　私は昨日の晩から考えていた、台詞のような言葉を一気に口にした。父は「ありがとうございます」と児童書を受け取った。

「先生、この『辛酉の歳』というのは、どういう意味なのでしょうか?」

　太田さんが、さっき父が示した本のページを見ながら訊《たず》ねた。

「ああ、これは辛酉革命説という考え方があって、辛酉の年には変革が起こりやすいと言われていたんですよ。だから辛酉の年には、よく改元が行われていたんです」

「なるほど。改元する理由としては、都で珍しい星が見えたことよりも、こっちが普通なんですね」

「ええ。でも、それに加えて南極老人星まで見えたのだから、もうこれは改元しないわけにはいかない、といったところでしょうね」

　そう言いながら父が微笑んだので、太田さんと私も少し笑った。

「では、カノープスと延喜についての原稿も、よろしくお願いいたします。それと、もうひとつの日食についてのことを伺いたいのですが」

「ええ。源平合戦の時に、日食が起きたことが伝えられています。ええと……」

いったん父は立ち上がって、パソコンのそばから何枚かの紙を持ってきた。どうやら書き掛けの原稿らしかった。

「一一八三年の水島の戦いの最中に、日食が起こったことが『源平盛衰記』に書かれているんです。源氏方は大変驚いて恐怖のあまり逃げたので、もう戦《いくさ》どころではなくなってしまったのですが、平家方にはそうした記録がないんですよ。どうやら平家方には、天文現象を観測したり予測したりする天文官がいて、あらかじめ日食が起こることを把握していたらしいんです」

「へえ、そうなんですか」

「日食に関する知識があるか、ないかで、勝利の行方が変わったというのが、面白いと思いまして。まだ書いている途中なのですが……」

「そうですね。とてもいいテーマだと思います」

太田さんと父のやり取りを聞きながら研究室の壁掛け時計を見ると、もう十二時十五分前だった。

「今日は、いっぺんに二つのテーマについて新たな方向性が見えたので、とても興奮いたしました。お忙しいとは存じますが、ご執筆の方をどうぞよろしくお願いいたします」

「ええ、こちらこそ、よろしく」

太田さんが「先生、この後、午後すぐ、ご講義が入っていらっしゃいますか？」と訊ねた。

「いえ、講義はないです。二時から教授会がありますけど」

「よろしければ私達と、お昼をご一緒しませんか？」

ようやく私は、ここへ来る地下鉄の中での太田さんの様子に合点がいった。

✦

研究室のある建物から出て、三人で大学の構内を少し歩いた。他の建物からも、講義を終えた学生達がどんどん出てくる。

「ちょうどお昼時ですから、どの学食も混んでいると思うので、工学部にあるレストランに行きましょうか」

「ええ、先生にお任せいたしますよ。といいますか、工学部にレストランがあるんですか?」

太田さんが不思議そうに訊いた。

「日比谷公園の中にある有名な洋食屋が、三号館の一階に入っているんですよ」

「そうなんですか。大学の中にコンビニやらコーヒーショップやら、こんなにたくさん店があるなんて、びっくりしました。レストランまであるんですね。いやー、それにしても時代は変わったんですね」

工学部三号館の入口は、かつての帝国大学の歴史を感じさせるような重厚な造りのドアだった。入ってすぐ左手に、そのレストランはあった。

Aランチ・かつカレー(特製ロースかつ)、サラダ、コーヒーor紅茶

Bランチ・えびフライ(自家製タルタルソース添え)、

ライスorパン、コーヒーor紅茶

Cランチ・ハンバーグ(自家製デミグラスソース)、

ライスorパン、コーヒーor紅茶

えびフライ。

私の視界に、突然「本日のランチ」と書かれた小さな黒板の文字の一部が、飛び込んできた。えびフライ。危うく「えんびフライ」と口にしそうになる。

ウェイターが来て、私達三人を窓際の四人掛けの席に案内してくれた。太田さんは父に上座を勧めて、私と並んで座った。

真っ白なテーブルクロスの上にはナイフやフォークが並び、きちんと形を整えられたナプキンが置いてあった。とても大学構内にあるとは思えないようなレストランだ。

「すごく本格的な店じゃないですか。先生はよくいらっしゃるんですか?」

「いえ、たまに来るぐらいですよ」

父はナプキンを広げながら答えた。

太田さんがCランチ、父がAランチを注文したのを見届けてから、私は「Bランチをお願いします」とウェイターに告げた。

父が自分の真向かいの席に座っている。

最後に父と一緒に食事をしたのは、いつだっただろう。父が家を出る前日の夕食か、当日の朝食のようだった気がするけれど、まったく思い出せない。

ランチはすぐに運ばれてきた。Bランチのえびフライは、予想していたより大きくて、頭付きの立派なえびフライだった。添えられたココット皿の中には、たっぷりタルタルソースが入っていた。

食事の間、太田さんは父に大学の話をいろいろ訊き出していた。普段の研究や、講義のこと。大学の人事や、最近の学生のこと。父は太田さんの質問に答えながら、大学の教授が研究以外にやらなければならない雑務が、いかに多いかということをこぼしていた。

私は二人の話に相槌《あいづち》を打ちながら、ナイフとフォークを使ってえびフライの身を小さく切ることに奮闘していた。

揚げたてのえびフライは、口のなかに入れると、しゃおっというような音を立てた。

国語の教科書に載っていた、あの小説の一節を思い出す。

ひと口食べると、確かに「しゃおっ」と小気味好《よ》い音がした。タルタルソースをスプーンですくって、えびフライに掛けてから口に入れると、今度は「しゃおっ」の勢いが幾分弱まった。

ふと太田さんの方を見ると、Cランチのハンバーグとライスが、もう食べ終えてなくなっていた。いくら何でも早過ぎる。私が訝《いぶか》しんでいると、太田さんが父に向かって「すみません」と言った。

「実はこの後、ここの大学の医学部の先生と打ち合わせが入っているので、僕は食後のコーヒーなしで失礼させて頂きます」

「そうですか」

「先生、今日はお忙しいところ、どうもありがとうございました」

太田さんは「藤井君、カノープスの件、もう少し詳しく先生にお話を伺っておいてくださいね」と言いながら、伝票を摑んで立ち上がった。

普段、太田さんは「君」とか「ください」なんて言い方をしない。それに今日は打ち合わせなんか入っていないはずだ。私は、そう思いつつも一応「はい」と答えた。

太田さんが去って、父と私の二人だけが席に残った。

「……すみません。たぶん太田は、気を遣って席をはずしたんだと思います」

「ああ、なるほど。彼は知っているんですね」

「はい……」

少しの沈黙の間、周りの人達の笑い声や食器がカチャカチャする音が、やけに際立って聞こえてくる。父はすでにかつカレーを食べ終えていたので、私は急いで残りのえびフライとライスを口に運んだ。

ウェイターがやって来て「コーヒーをお持ちしても、よろしいでしょうか?」と言いながらお皿を下げようとした。

父が食事を終えたお皿を何気なく見ると、片隅に福神漬けがよけてあった。私は、ウェイターに向かって「はい」と返事をする自分の声が、上擦っていることを自覚していた。

「この間は忙しそうでしたけど、今日はコーヒーを飲めますね」

私の動揺をよそに、父は、いたずらっ子のような笑みを浮かべて言った。

「はい。先日は本当にすみませんでした」

「そんな、いいですよ。あ、砂糖は使いますか？」

「いいえ」

私がそう答えると、父は砂糖の入った白い陶器のポットをテーブルの横へ戻した。

相変わらず、お互いが敬語を使い、今の二人の距離や、今までの二人の時間の隔たりを感じさせるようだった。

「カノープスと延喜のこと、お手柄でしたね。天体観望会には、仕事で行くことが多いんですか？」

「いいえ、今回が初めてだったんです。今度、うちの会社でプラネタリウムの番組を作ることになったので、その参考に、と付いていきました。でも私は何も知識がないので、ただの雑用係ですけど」

――どうせ私は、毎日毎日、雑用係。

「雑用係では、ないでしょう。だって、本のネタを提供してくれたんですから」

「……ありがとう、ございます……」

私はコーヒーをひと口飲んだ。

「大学を出てからは、どんな仕事をしていたんですか？」

「卒業してからも教員採用試験を何年か受け続けていたんですけど、結局諦めました。それで今の会社に勤め始めたんです」

「そうですか。ちなみに何の教科の先生を目指していたんですか？」

「中学校の国語です」

「そう。でも今、こうして出版社で働いているんだから、大学で勉強したことは必ず役に立ちますよ」

「そうでしょうか……」

——十四年ぶりに再会した、あなたの娘は、ただのしがない契約社員です。出来が悪くて本当にすみません。期待したような立派な娘になっていなくて、すみません。

　私は少し躊躇ってから切り出した。

「……あの辞書、燃えちゃったんです」

「え？」

「家が火事になって、隣からの、もらい火だったんですけど。国語の辞書は抱えて逃げたので無事でした。でも英和と和英は持ち出せなくて……」

「……そう」

「すみません」

「いや、謝ることはないよ」

父はコーヒーカップに口を付けた後、申し訳なさそうに頭を下げた。

「火事のことは、聞いていたんだ。……こちらこそ、すまなかった」

「いいえ、そんな……」

二人の間に再び沈黙が訪れた。お昼時を過ぎて、レジの前で会計を待つ人が列を作っている。私は、父に「教授会、二時からでしたっけ?」と訊ねた。

「ああ」

「そろそろ、お支度しないと」

店を出て、工学部の建物の前で「じゃあ、私はこれで失礼します」とお辞儀をした。

「今日はご馳走《ちそう》になってしまって」

「いいえ、そんな」

「太田さんにも、お礼を言っておいてください」

「はい。原稿を楽しみにしています」

また父の言葉は敬語に戻っていた。

帰りの地下鉄で、私は暗い窓に映った自分の顔をぼんやりと見つめた。どちらかと言えば、子供の頃から、外見は母よりも父に似ていると言われることが多かった。でも、十四年間まったく気付かなかったのだ。自分が、カレーに添えてある福神漬けを食べないのは、家を出た父譲りだったなんて——。

8

「最近すっかり主流になってしまったオート番組は、場面展開が早過ぎますよね。あれじゃあ、まるで映画やテレビドラマみたいですよ。一方的に突っ走っているだけで」

「竹口さんのおっしゃる通りですよ。お客さんのことなんて考えていないですよね。だから、うちは生解説だけは、どうしても譲れません。番組を自分達で作ることに、もっとこだわりたいんです。フルオートの完成番組を流すだけなんて、絶対に嫌なんです」

科学館の会議室で私の隣に座っている竹口さんは、観望会の時と同じように饒舌《じょうぜつ》になっていた。

「マニュアル番組よりも、オート番組の方が素晴らしいと絶賛するような最近の傾向って、あれって、いったい何なんですかねえ。まあ、どちらにも良い面と悪い面があるとは思うんですけど」

「そうそう。『オート番組は立派な作品です！』みたいな、あの扱いが、どうもねえ。だからうちは自治体の科学館として、きちんとした番組を作りたいんです。ただの天文エンターテインメントとか宇宙劇場みたいな番組ではなくて、プラネタリウムでしか観ることのできない、本物の番組をね」

やっぱり場違いなところに来てしまった。

打ち合わせに出かける竹口さんに同行するよう、太田さんから指示されたので仕方なく付いてきたけれど、この人達が何をしゃべっているのか、さっぱりわからない。

科学館のスタッフ三人と竹口さんは、どうやら随分前から打ち合わせを重ねているらしかった。プラネタリウムの番組制作は、うちの会社がこれから新しく始める事業とばかり思っていたのに、実際はもうすでにかなり進んでいるようだった。そのことを今日この席で初めて知った私は、少し驚いていた。

観望会の時と同じように、竹口さんは私のことなどお構いなしで、とても親しげに他の人と話している。差し出す名刺も持っていない契約社員の私は、科学館の人達からも、まったく相手にされていない。

「まあ、今はオート番組にすっかりお任せで、解説員の質が低下していることも事実ですけど」

「そうですね。最新型のオート機のパンフレットには『もはや解説員は不要!』とまで、書いてありますから。冗談じゃないですよ、まったく」

そう言って竹口さんは出されたお茶をひと口飲んだ。会社の中では、こんなふうに熱く語っている竹口さんを見たことがない。

「まあ今回は、オリジナルと言っても、すこやか出版さんの本をシナリオに使わせて頂いたので、あれですけどね」

「小・中学校の学校単位や学年別の学習投影は、文部科学省の学習指導要領に沿った内容で作ればいいですからね。弊社の出版物で他に使えるものがあるなら、何でも、とことん使ってください。まあ、シナリオはもう出来上がっちゃってますけどね」

——竹口さんって、こんなリップサービスもできるんだ……。というか、シナリオが完成済みって何？　この間の朝礼では、どの本を使うかとか、具体的なことはこれから決める、って感じの報告だったのに……。

私は半ば唖然《あぜん》としてしまい、そんな気持ちを落ち着かせるために、すっかり冷め切ったお茶に口を付けた。

「ありがとうございます。学習投影用に児童書を使わせて頂いたんですから、もう鬼に金棒って感じですよ。助かりました」

「やっぱり、番組を作るのは、学習投影よりも一般投影の方が難しいですか？」

「ええ、そりゃそうですよ。学習投影だと、児童や生徒の知識レベルにそんなに差がないですけど、子供からお年寄り相手の一般投影だと、もう本当にバラバラですから。そこはいつも判断に迷います」

「ああ、なるほど」

結局、私は何も会話に参加することができず、最初と最後に会議室のドアの前で「失礼します」と同じ言葉を繰り返すくらいだった。

科学館の人が気を遣ってくれたのか、そんな私に向かって「少し館内をご見学なさってみませんか？」と帰りに勧めてくれた。

「今日は平日なので、プラネタリウムは学習投影だけで、一般投影はないんですよ。でもうちはプラネタリウムだけじゃなくて、展示コーナーも売りにしているんです。展示コーナーにはボランティアのスタッフがいるので、わからないことは何でも訊いてください」

私は「ありがとうございます」と答えながら、どうしようかと、竹口さんの方を見た。竹口さんは、科学館の人へ「ボランティアの科学インタープリターって、平日もいるんですか？」と訊ねた。

「ええ、今日は小熊《おぐま》さんが展示室に入っているんですよ」

「え、そうなんですか？　じゃあ、ちょっと挨拶してこなきゃなあ」

そう言って竹口さんが歩き始めたので、私は科学館の人にもう一度頭を下げながら、慌ててその後ろに付いていった。

会社では、あんなふうにムスッとしているのに、こういうところでの竹口さんは、まるで態度が違う。自分の興味のあることや人の前では、ちゃんと喋るのに、会社では必要以上に口を開こうとしない。

もう三十代半ばを越えているはずだから、もう少し会社の後輩や部下に対して、親切に接してくれてもいいのに。別に親切にされたいわけじゃないけれど、せめて仕事について説明してくれればいいのに。

ずんずん前を歩いていく竹口さんの背中が遠いので、思わず私は小走りになった。平日で空いている館内のフロアに、私の靴のヒールの音だけが場違いな音を響かせていた。

✦

展示コーナーにいた解説ボランティアは、観望会の時の星空ガイドの人だった。竹口さんはガイドの人と少し話してから、「俺、このまま音録《と》りに行くから直帰するわ」と言い残して、その場を去っていった。私が「一緒に行かなくてもいいんですか?」と訊ねる間もなかった。

「こんにちは。またお会いしましたね。ええと、藤井さん、でしたよね」

「はい。先日は大変お世話になりまして、ありがとうございました」

自分の名前を憶《おぼ》えられていたことに少し驚きながら、私は星空ガイドの人の名前を思い出せず、首元に掛かっている名札を、お辞儀をしながら盗み見た。「M市科学館　展示コーナー　ボランティア・インタープリター　小熊清（おぐま・きよし）」と書いてある。

「今日は星空ガイドではなく、科学館のガイドですよ」

小熊さんはそう言って笑った。

「ここのプラネタリウムの解説も、小熊さんがご担当なさっているのですか？」

「いいえ、プラネタリウムの番組の解説員は市の職員ですから、れっきとした地方公務員なんです。僕はただのボランティアですから。でも館によっては、ボランティアがプラネタリウムの解説業務を行っているところもありますけどね」

小熊さんは、電子機器のメーカーを定年退職した後、今は子供の頃から好きだった天文に関するいろいろな活動を行っているらしい。観望会や子供向け天文講座の企画など、そのほとんどがボランティアなのだそうだ。

「藤井さんは、観望会で土星も見たことだし、天文のことに、もう随分詳しくなったでしょう？」

「いいえ、そんな。私には難し過ぎます。今日も打ち合わせで、周りの人達の話していることが全然わからなくて……」

「差し支えなければ、でいいですけど、何の打ち合わせだったんですか?」

「プラネタリウムの番組制作の件です」

私はオートがどうの、マニュアルがどうの、といった会議室での話が、ちんぷんかんぷんだったことを小熊さんに愚痴った。小熊さんは「難しく考えなくても大丈夫ですよ」と笑って、プラネタリウムのことを丁寧に説明してくれた。

オート番組とは、録画や録音、プログラム済みの番組のこと。すでに出来上がっている番組を自動で投影すればいいので、完成度が高く、内容を均一に保つことができる。

一方、マニュアル番組とは、解説員が機械を手動で操作しながら解説を行う番組であること。その日の夜空や天文の話題を、生の解説で聞くことができる。解説員によって取り上げる話題や口調が異なるので、その技量を問われたり、投影の回によって大きな差が出てしまったりもする。

オート番組は機械にトラブルが発生すると投影中止になってしまうこともあるけれど、マニュアル番組は不具合が生じても解説員の力によって、いくらでもフォローできること。

最新鋭の機器と設備を備えた大規模な科学館が増えているけれど、この科学館は昔からある、地域密着型の小規模な科学館であること。

オート番組を流せる高価な投影機を購入する予算が市から出ないので、科学館のスタッフ達が毎回苦労しながらマニュアル番組を作っていること。一年を通じてそれらの番組を全編観ると、天文の基礎的なことや四季折々の星座がひと通りわかるようなプログラムになっていること。

番組の制作を外部へ注文すると、その脚本を書く人が必ずしも天文学の知識を持ち合わせていない場合も多いので、科学館側で書いた方が結局早くて安上がりになること。

小熊さんの話は素人の私にも、とてもわかりやすかった。

「藤井さんは車の免許を持っていますか？」

「はい」

「オートマ限定？　それともマニュアル？」

「一応、マニュアルです」

「そうですか。すばらしい。じゃあ簡単ですよ。オートとかマニュアルっていうのは、車と似たようなもんですよ」

「ああ、なるほど」

「今回は藤井さんの会社の本が番組のネタになっているんですから、科学館側としても非常に作りやすいと思いますよ」

「なるほど、そうなんですね。本当に私、基本的なことすら何もわからなくて、お恥ずかしい限りです」

「でも藤井さんは、少なくとも『わかりたい』とは思っているでしょう？ 今よりも少しわかったらいいなあ、って」

「もちろんです。そうすれば、もっときちんと仕事ができるのになあ、と思うので……」

もう少し私に知識があったならば、あんなふうに竹口さんに相手にされなくてイライラしたり、打ち合わせでみじめな思いを味わったりしなくても済むはずなのに。

「その『わかりたい』って気持ちが大切なんですよ。そう思っているのなら、もう半分くらいは『わかってきた』状態なんです」

小熊さんが励ましてくれたので、私は「ありがとうございます」と答えた。

「それに、こういう科学館とかプラネタリウムに来るお客さんは、科学や天文について詳しい人もいるけれど、全然詳しくない人もいます。今の藤井さんなら、その詳しくない方のお客さんの目線で、いろいろ考えられるでしょう?」

「はい、詳しくない方の立場としてなら、自信があります」

「それって実は、とても大切なことなんです。ここのスタッフは科学を専門的に勉強してきた人ばかりですから、あまり詳しくないお客さんの感覚がわからない時も、たまにあるんですよ。『こんなこと、知ってて当然でしょ』って感じで、専門用語を平気で連発しちゃったりしますから。だから藤井さんは『これは難しくてわからないので、もっとわかるように説明してください!』って、威張っていいんですよ」

——科学に詳しくない立場の代表。難しくてわからないことを恥ずかしがることはない。

小熊さんの言葉を聞いているうちに、さっき会議室で劣等感に苛《さいな》まれ続けて沈んでしまった胸が、ようやく少しだけ軽くなった。

私はもう一度、小熊さんに「ありがとうございます」と頭を下げた。

「そういえば、観望会の日に伺ったカノープスのお話、おかげさまで歴史の本の中で取り上げることに決まりました。本当に興味深いお話を、どうもありがとうございました」

「そうですか。それは面白そうですね」

「本が出来上がったら小熊さんにお渡ししますね。来年の春くらいに刊行予定なので、ちょっと先のことになってしまいますけれど」

「うわあ、嬉しいです。ありがとうございます。じゃあ楽しみにしていますよ」

小熊さんの満面の笑みを見ながら、今回のプラネタリウムの件は竹口さんとではなくて、小熊さんみたいな世話好きな人の下で仕事をしたかったなあと思った。

「あの、もし小熊さんだったら、どんなプラネタリウムの番組を作りたいですか？」

小熊さんは「うーん、そうですねえ」と目を細めた。

「実現は難しいと思いますけど、脚本は現場のプラネタリウム解説員が書いて、地域にある学校の美術の先生に絵を描いてもらって、音楽の先生にＢＧＭをお願いするって感じが理想ですかねえ。ここはせっかく自治体の科学館なんですから、地域の中でひとつの作品を作り上げるのがいいんじゃないかなあ。そういうふうにして出来上がった番組は、素人臭《しろうとくさ》いものかもしれませんけどね」

小熊さんは「でも無理かなあ」と笑った。

✦

竹口さんが会社を辞めるらしい、という噂が編集部内で出たのは、科学館へ行った次の週のことだった。

「うちの会社の仕事としてプラネタリウムの番組を作るように見せかけて、今のうちに辞めた後の足場をちゃんと固めているのよ」

おそらく噂の発信元であろう井上さんが、鼻で笑うように言った。

井上さんの話によると、竹口さんは今回のプラネタリウムの番組を制作する、小さな科学映像制作の会社へ転職するということらしかった。

そういえば、一昨日も昨日も、太田さんが何度も竹口さんのことを呼び出して、一緒に部屋の外へ出ていった。その様子をちらちら気にしていた井上さんが、太田さんから無理矢理訊き出したのだろう。

「うちで出している児童書を題材にしているんだから、それって別に竹口さんのアイディアじゃないですよねえ。何だか、ずる賢いよなあ」

「ずっとタイミングを狙っていたってことですよね。で、いざプラネタリウムの番組が出来上がった時には『はい、もうここはさよなら、でもこれは自分の業績ですけど』って感じにしちゃうんでしょ？」

噂を聞き付けた営業部の男性社員も何人か給湯室へ寄ってきて、不満そうに言った。

「ほんとねー。やることがあの人らしいっていうか、せこいわよねー」

そう言いながら井上さんは、コーヒーに入れた砂糖をスプーンで、くるくるかき混ぜた。

竹口さんの仕事を手伝っているので、何か知っているかどうか、私は井上さんから訊かれたけれど、本当に何も知らなかった。でもこれで、科学館の会議室でおかしいと感じたことに合点がいった。

他の社員達が去った後、みんなが使ったコーヒーカップをひとり給湯室で洗っていると、太田さんがやって来た。何だかあまり機嫌の良くない顔をしている。

「お疲れさまです。コーヒーお飲みになりますか？」

「いや、まだ昼飯食ってないから、いいや。ありがとう。藤井さん、あのさ」

私は「はい」と答えて、洗い物をする手を止めた。

「急で悪いんだけど、今日これから午後、ちょっと出かけてもらっても、いい？」

「はい、大丈夫です」

「ありがとう。例のプラネタリウムの件で、竹口と一緒に行ってもらいたいんだ」

「はい、わかりました」

私は何も余計なことは追及せず、ただそう答えた。太田さんは「よろしく。今日は、そこから直帰していいから」と言い残して、廊下へ消えた。

✦

他の路線が乗り入れている大きなターミナル駅を過ぎると、ようやく電車の中が少しだけ空いてきた。竹口さんと私は、人が降りたばかりの目の前の座席に運良く座ることができた。

私は、隣にいる竹口さんに向かって「平日の午後なのに、こんなに混むんですね」と話し掛けた。

「普段は私、この路線は使わないので、こんなに人が乗っているとは思いませんでした」

竹口さんは「そう」とだけ答えて、携帯電話を取り出して画面を見つめ始めた。

太田さんから指示された急な外出の内容は、都心から少し離れたプラネタリウムの映像制作会社まで竹口さんに同行するということだった。

たぶん竹口さんの転職先だろう。

——どうせ会社を辞めてしまう人だから、もう竹口さんにどう思われたっていいや。今のうちにいろいろ仕事の話を聞いておかないと、何も身に付かないままになっちゃう。

そう思って私は、お腹の底に少し力を入れて口を開いた。

「この間、小熊さんがプラネタリウムのことを、いろいろ教えてくださいました」

相変わらず竹口さんは「ふうん」と言い返すだけで、携帯電話から目を離さない。

「小熊さんから私、『天文に詳しくない人の代表になったら?』と勧められました」

「詳しくない人の代表?」

竹口さんが顔を上げてこっちを向いた。やった、反応あり。私は内心ほくそ笑みながら頷いた。

「私は科学や天文のことについて知識が全然ないので、観望会でも、この間の打ち合わせでも、聞いたことのない専門用語が多くて劣等感でいっぱいだったんです。それを思い切って小熊さんに話したら、『わからない、知らないってことを、威張っていい』と言われました」

「……威張っていい、って、何それ?」

たぶん今の私、したり顔をしているんだろうな。そう自覚しながら、私は話し続けた。

「小熊さんは『わからない人に対して、わかるように説明するのが大切で難しい』と言っていました。特に、私達のような児童書の会社は、子供を相手に難しいことを噛《か》み砕いてわかりやすく説明することが仕事ですし。だから竹口さんも、どうせわからないだろうから、こいつに言っても仕方ないや、とか思わないで、もっと私に、いろいろ教えてください。お願いします」

携帯電話を手にしたまま、竹口さんは呆けたように私の方《ほう》を見ている。とりあえず私は「生意気言って、すみません」と謝った。

「でも、ご一緒できる時間も、もう残り少ないみたいですから……」

竹口さんは、様子を窺うような私の言葉には返事をせず、曖昧な表情を浮かべながら、ぼそっと言った。

「この間のカノープスの件って、どうなった？」

「はい。おかげさまで、著者の先生にお知らせしたら、本の中で一編書いて頂けることになりました」

「ふうん。それって、とても珍しい星が都で見えたから元号が延喜に変わりました、って話にするんでしょ？」

「そうです」

「ていうか、その時にカノープスが見えたのは、当たり前のことなんだよね」

「え？　どういうことですか？」

思わず私は身を乗り出して訊ねた。

竹口さんは、いじることをもう諦めたのか、携帯電話を胸ポケットにしまいながら、私に「歳差《さいさ》運動って言葉、知らないよね？」と言った。

「サイサ、ですか？　知りません。それって何ですか？」

「うーん、どう説明すればいいんだろう」

少し困ったような顔で、竹口さんが宙を仰いだ。

それにつられて私も視線を上げると、大手出版社の週刊誌の中吊り広告が視界に入ってきた。「永田町、秋の陣！」と大きな見出しが躍っている。それを見て、もうすっかり秋なんだな、と思った。

「歳差運動っていうのは、地球の自転軸が振り子のような動きをすることなんだけど。うーん、時代によって北極星が変わるってことも、知らないよね？」

「え？　だって北極星って、ずっと天の北極にあるから、昔から方角の目印になっているんじゃないんですか？」

「ええと、地球の自転軸を延長したところを、天の北極、天の南極って言っているんだけど、そこに見える星を北極星って言っているわけ。まあ、実際に南極星っていう星は、ないんだけど」

「はい。うちの会社で出している本で読んだので、そこまでは私レベルでも理解できます」

私は竹口さんに向かって、続きを話してくれるよう目で促した。

「そうだなあ、ええと、おもちゃの独楽《こま》を回すと、回転の軸が首を振るでしょ？　あれと同じで、地球の自転軸もだいたい二万五千八百年周期で首振り運動をするんだ。これが歳差運動。今の北極星は、こぐま座のポラリスだけど、自転軸がずれていくから、時代によって北極星も変わっていくんだ。同じように天の南極も、そう。これから一万二千年先には、カノープスが天の南極に近付くから、南極星って呼ばれるだろうし。まあ、そうなると日本からは完全に見えなくなっちまうけど」

「そうなんですか？」

カノープスが南極星になる――。

私は驚きながら、竹口さんの話に聞き入っていた。

「ちょっと説明が難しいんだけど、元号が延喜に変わった頃は、その歳差運動のせいで、ちょうどカノープスの高度が高い時期だったってことなんだよね」

「……それって、ちゃんと理由があって、たまたま見やすくなっただけなのに、

『南極老人星が見えるなんて、とても珍しくて縁起が良いことじゃ』って、改元しちゃったってことですか？」

「まあ、そういうことだろうなあ。でもカノープスが珍しい星っていうのは確かだから、それでいいんじゃないの。天文好きの間でも、延喜の改元の話は『いい話』として受け止められているし」

少しの間、私は気が遠くなるような心地で、竹口さんが話してくれたことを反芻した。

「じゃあ、一万二千年先の北極星は何に変わっているんですか？」

「こと座のベガ」

間髪《かんはつ》を容《い》れず質問に答えた竹口さんの顔を、私はじっと見つめた。

「そういうことを、もっと私に教えてください」

いつの間にか電車は、降りなければならない駅のひとつ手前まで進んでいた。

9

科学映像制作の会社は、こぢんまりしたビルの半地下になっている階にあった。

ドアを入ってすぐの小さな部屋には、パソコンや音響の機械が所狭しと並んでいた。その奥にはガラス越しに録音ブースが見えた。マイクの周りには、若い男性二人と女性一人が台本を手にして立っている。

竹口さんが、映像制作会社のスタッフ達に、私を会社の同僚だと紹介してくれた。相変わらずぶっきらぼうで素っ気ない言葉ではあったけれど、紹介してくれるようになっただけでも、とりあえずは、この間より進歩したのかもしれない。

プラネタリウム番組は、すでにナレーション部分の収録を終えて、今日はこれからキャラクターの台詞部分を録るらしい。

収録が始まると、スピーカーから声優の声が聞こえてきた。

小学生の翼君とその父母が、初めて天体観測をするシーンだった。

「あの方々は、みなさんプロの声優さんなんですか?」

小声で私が訊ねると、竹口さんは「いや」と首を振った。

「三人とも、タレントの卵みたいな感じだよ。アニメに出ているような有名な声優を使うとなると、ものすごく金が掛かるから」

費用を抑えるために、シナリオの段階で原案に手を加えて登場人物を減らしたり、声優に一人二役を依頼することもあるそうだ。

竹口さんが私に向かって説明する様子を横で聞いていた制作会社のスタッフが、私に「今回は、かなり恵まれている方なんですよ」と言った。

「基があるからシナリオを書くのが楽だったし、何たって児童書ですからね。学習投影としての科学的考証作業も、ほとんど必要ないような感じだったし。その分、外から声優を連れてこられる余裕がありました」

私は「そうなんですか」と返事をした。

「うちは独自でオリジナルの番組も作っていますけれど、今回のようにデジタル・エデュケーション社の下請けもやっていますからね。限られた予算内で、いかに質のいい番組を作るか、毎回苦しんでいるんです。予算が足りない場合だと、プラネタリウムの解説員が自分で声優を演じたり、ナレーター役を務めたりしなくちゃいけないんですよ」

ミキサー卓の前に座っていた、もう一人のスタッフが「よし！　カット！　上出来！」と声を上げた。

録音ブースから、声優の三人が「お疲れさまでしたー」と出てきた。

私が名乗って挨拶をすると、そのうちの一人、体格の良い方の若い男性が、少し驚いたような顔で言った。

「あの、もしかして、藤井先生じゃないですか？」

「えっ？」

「僕、A大附属の中学に通っていたんですけど。その時に、教育実習で国語の先生だった、藤井先生ですよね？」

「あ！　もしかして、二年二組で、児童劇団に入っていた……」

「そうです。国語の教科書を朗読する役目だった『コヤク』の高橋《たかはし》です」

そのまま内部進学でA大へ進んだこと。以前は俳優志望だったけれど、最近は声優やナレーター、アナウンサーを目指したいと思うようになったこと。このプラネタリウム番組の仕事は、大学の先輩を通じて紹介されたこと。それらを話してくれた後、高橋君は「まあ、夢の軌道修正って感じですよ」と笑った。

「僕のこの外見だと、ドラマや映画で主役を張れるような俳優は無理ですから。三枚目とか、個性派俳優路線を狙っていこうか、とも思ったんですけど、どうやら厳しそうですし。でもやっぱり、喋ったり、演じたりすることは好きなので、将来もそれでやっていきたいなあと思っています」

「……そう。頑張ってね」

「はい、ありがとうございます。それにしても、びっくりしましたよ。今回のシナリオが、藤井先生が働いている会社の本で、しかも、こうしてばったり会っちゃうなんて」

「ええ、そうね。私も、びっくり……」

「国語の先生には、ならなかったんですか？」

「……ええと、何回か採用試験を受けたんだけど、結局ダメだったの」

「そうですか。あ、でも編集者なんて、すごいじゃないですか。サークルの先輩から、どこの出版社も狭き門で就職活動は難しい、って聞きましたよ」

「……でも、ほら、私は契約社員だから」

「あ、そうなんですか……」

高橋君の顔に、一瞬だけ落胆の表情が浮かんだのを、私は見逃さなかった。かつての教え子に、今の「教師になれなかった自分」を見られたのが恥ずかしくて、私は満足な受け答えをすることができなかった。


帰り道、途中のターミナル駅まで竹口さんと同じ電車に乗った。

「学校の先生には、もうなるつもりはないの？」

「え？」

竹口さんの突然の言葉に驚いて、私は素っ頓狂な声を出してしまった。

「もうなれないってわかったので、すっぱり諦めました」

「じゃあ、ずっとこのまま契約社員でいいの？」

――いいわけないじゃないの！

心の中ではそう思いつつも、私は「だって、仕方ないじゃないですか」と適当にはぐらかそうとした。

「ああ、そうか。女は、さっさと結婚しちまえば、仕事のこととか、金のこととか、面倒なことは考えなくてもいいのか」

「そういうわけじゃ、ないと思います！　女を全部ひとくくりにして、そんなふうに決め付けないでください！」

私の強い口調の否定に、竹口さんは一瞬たじろぎながら「そう？」と曖昧に呟いた。

やっぱりトマちゃんは正しい。最近の中学生も、二十代後半女性も、ひとくくりにして論じる方が間違っている。

そういえば、トマちゃん、結果はどうだったんだろう。

気になるけれど、今はこっちから電話を掛けたりするよりも、向こうから連絡が来るのを待っている方がいいのかもしれない。

竹口さんが携帯を取り出して、画面をいじり始めた。ちらっと覗き込むと、何やら天気のサイトを見ているようだった。

「竹口さんこそ、会社、本当に辞めちゃうんですか？」

「ああ。だって、あそこにずっといても、未来はないから。どうせなら、自分の好きなことをやって、メシ食っていきたいし」

未来。竹口さんが発したその言葉が、私の胸に突き刺さる。

今日思いがけず再会した高橋君は、教師になれなかった私のことを、どんなふうに思ったのだろう。つまらない大人だと哀れに思ったかもしれない。

井上さんや会社の営業部の社員達が言っていたように、竹口さんは、ずる賢くて、他人のふんどしで相撲を取るような、ちゃっかりした人なのだろうか。

たとえそうだったとしても、自分のやりたいことに向かってきちんと行動している様子は、少し見習うべきだ。少なくとも、今の腐った私よりは、ずっと偉い。

「……たぶん今日は、俺のことを監視させるつもりで、太田さんは藤井さんを一緒に来させたんだよ」

「そうですか？　太田さんからは、特に何も言われていないですよ」

電車がターミナル駅に着くと、竹口さんは「それじゃ、お疲れ」とだけ言って、足早に消えていった。

✦

土曜日の夜、部屋のテレビの前で正座をして、私はその時を待った。

安月給で必死にやり繰りしているので、テレビ番組を録画する機器は持っていない。何年か前、地上放送がデジタル化する時に仕方なく新しく液晶テレビに買い替えた。でも画面の大きさは以前のブラウン管のものとあまり変わらず、小さいままだった。

ようやく音楽番組が始まった。

MCの隣、歌手やアーティスト達が座るゲスト用の席には、もちろん若田先輩の姿はなかった。一曲目は、あるバンドの演奏だった。このバンドは五人組で楽器の全パートが揃っているから、若田先輩は参加しないだろう。そう見計らって、私は今のうちに、と冷蔵庫から飲み物を取り出してきた。

二曲目はアイドル歌手の映画主題歌だった。

曲が始まってすぐ、私はバックミュージシャンの中に、エレキベースを持った若田先輩の姿を認めた。ギターの人と見間違うこともなく、すんなり先輩だとわかった。

黒いシャツに黒いパンツ。ベースを演奏する手付き。整った横顔。頰に掛かる長めの前髪。いつもの若田先輩だった。

やっぱり先輩は、向こう側の人。向こう側は、夢を叶えた人だけが辿《たど》り着ける場所。私みたいな人間には決して行くことができない、遠い、遠い場所。

――じゃあ、ずっとこのまま契約社員でいいの？

この間、竹口さんに言われたひと言が、ふと蘇《よみがえ》る。

テレビの画面が、ＭＣとゲストのトークへ変わった。

夢の軌道修正。大学生になった高橋君は、子供の頃からの夢を諦めたわけじゃない。冷静に自分の適性を判断して、より良き道を自分の力で見つけ出して進んでいる最中なのだ。

それなのに、私は軌道を逸《そ》れて自力で修正することもできず、いつまでも放り出されたまま、暗闇の中を漂っている。

三曲目の演奏が始まった。今度は女性ソロアーティストの曲だった。若田先輩は、さっきと同じ位置でベースを弾いている。

どうして、この世に若田先輩という人が存在するんだろう。

どうして、若田先輩と出会ってしまったんだろう。

どうして、大人になってから、もう一度再会してしまったんだろう。

どうして、私は先輩のことを、こんなにも好きになってしまったんだろう。

こんなに苦しい想いを抱え込まなければならないのならば、いっそのこと、この世から先輩という存在が消えてしまえばいいのに――。

そう一瞬だけ思ってから、私はハッとする。

逆、なのかもしれない。私が消えてしまえばいいだけなのかもしれない。

私という人間が存在することに、いったい何の意味があるの？　そもそも何も成し遂げられないような、こんな愚かな私は、この世に存在する価値があるの？

曲の間奏になってから、若田先輩がギターの人と一緒にアップで映った。先輩は足を揺らして拍子を取っている。演奏の途中で、ちょっとしかめっ面になるような表情は、中学の時と変わっていなかった。

身の程知らず。こんな私に、若田先輩のことを好きでいる資格が、あるのだろうか。決して想いが叶わないとわかっていても、想い続ける覚悟は、あるのだろうか。先輩のことを想うのは、時間的にも精神的にも、今の私にとって無意味なことなのではないだろうか。いいかげん、もう終わりにしてしまった方が楽になれるのに。頭では、ちゃんとわかっているはずなのに、どうして——。

三十分間の音楽番組は、呆気《あっけ》なく終わってしまった。

私は来週の予告をぼんやり眺めながら、携帯を手に取った。先輩へ「オンエア観ました」と短いメールを書いたのに、送信ボタンを押せずにいた。

私はそのまま携帯を閉じて、膝を抱えて少しだけ泣いた。点けっぱなしのテレビは、いつの間にかニュース番組へと変わっていた。

✦

「最近のプラネタリウムでは、オート番組の導入によって、解説者が生で解説を行う時間が少なくなっています。中には、星空解説もあらかじめ録音されたものだけで、生の解説がまったくないところもあります。これでは味気ないというか、観客の心に残る印象深い解説はできないと思います」

月曜日の朝礼で、ようやく竹口さんがプラネタリウム番組の件について、編集部の社員達の前で報告をした。私は電話を手元に置いて、掛かってくる外線を気にしながら竹口さんの話を聞いていた。

「生の解説は、観客とのやり取りを考えたり、時にはアドリブやジョークを交えたりする必要もあります。A区科学館のプラネタリウムには、それぞれの座席にレスポンスアナライザーという小さな機械が設置されています。ええと、機械といっても、あれです。デジタル放送のアンケートなどで使う、テレビのリモコンに付いている、あのボタンみたいな簡単なものですけど。今回の番組は、父親が翼君に天文に関するクイズを出すんですが、観客にもそれを使って答えてもらう構成にしました」

井上さんをはじめ、編集部の人達は、どことなく白けたような顔で竹口さんの話を聞いていた。竹口さんはそれに構わず、どんどん話し続けた。

「最近のプラネタリウムは、映像の迫力や臨場感にこだわって、それだけを全面的に打ち出しているようなオート番組が目立つように思います。プラネタリウムというよりも、大きなドームで観る宇宙映画といった感じです。まあ、それぞれのプラネタリウムにも事情がありますから、一概には言えないのですが、それだとプラネタリウムではなくなってしまいます」

「でも、今後は今以上にオート番組が主流になるんだろ？　科学館の立場になって採算性を考えると、観客を多く呼べる宇宙劇場のような娯楽番組が多くなっても、仕方ないんじゃないのか？　そうすると将来的に、うちの会社がプラネタリウムの番組作りに参加する意味は、あるのかなあ」

太田さんが口を挟むと、竹口さんは「確かに、そうです」と答えた。

「しかし、いくらオート番組が主流になったとしても、生解説の番組は必要です。プラネタリウムは映画館ではなく、観客に星空を見せて天文学的な解説をきちんと行う場所なんです。教育普及施設としても、生涯学習施設としても、テープでも解説員の肉声でも、必ず解説を加えることが重要だと思います」

「うーん、確かにそうだろうけど。でも『天文なんて難しい』って、初めから受け付けない人もいるだろ？　そういう人には解説が生かどうかは、あまり関係ないような気がするし。それなら映画みたいな番組の方が、難しくなくていいんじゃないの?」

太田さんの厳しい突っ込みに、竹口さんは少しの間、黙ってしまった。それでも、ホワイトボードの前で黒マジックを手に取りながら、再び話し始めた。

「番組の中で、いきなり専門用語を使わない、というのは重要だと思います。たとえば、星の明るさは数字で、一等星、二等星、というように表現します。それを説明しないうちに、番組や解説の中で『知っていて当然』という感じで使うのは、良くありません。まあ、今回のような学習投影ならば、その辺はきちんと考慮されていますけど……」

竹口さんは、ホワイトボードに「一等星」と書いた。

「それは専門的な難しい説明である必要はないわけです。重要なのは、星の明るさを表す単位として、こういう用語があること、数字が大きくなるほど、星の明るさが暗くなるということを観客に理解してもらうことです。天文好きな人なら知っていて当然の用語でも、観客は知らないことが多いですから」

私は、じっと竹口さんの顔を見た。

「そういった用語をきちんと説明することは、プラネタリウム番組の重要な役割だと思います。宇宙劇場とか映画のような娯楽番組とは、やはり明確に区別する必要があると思います。特に児童書の会社として、天文学をはじめとした、科学普及にうちの会社ができることを、今後も探っていくことに意味があると思います」

「なるほど、わかった。それで、いつ番組は出来上がるんだ？」

「今月中に完成する予定です」

竹口さんは「以上で、僕からの報告は終わります」と席へ戻っていった。

✦

夕方になってから、いつものように宅配便の人が編集部へやって来た。受け取った荷物の中に、私宛ての小さな箱があった。貼ってある伝票の送り主の欄を見ると「安川登志彦」と書いてあった。

Ａ４サイズが入らないような大きさだし、メールの添付ファイルで送ってくるはずだから、原稿ではないだろう。もしかすると、この間研究室へ持っていった、うちの会社の児童書を律儀に送り返してくれたのかもしれない。

私はあまり深く考えず、カッターを使って梱包を解いた。中には新品の電子辞書が入っていた。

私は呆けたように、しばらく黙って席に座っていることしかできなかった。

箱の中に手紙の類は入っていなかった。付属の単三乾電池を電池ケースに入れて電子辞書のカバーを開けると、電源が入った。電子辞書の液晶は「メニュー画面」になって、入っている辞書の一覧が表示されていた。

国語の辞書は、あの火事の時に持ち出したものと同じシリーズの改訂版だった。英和と和英はどちらも、父からもらった以前のものよりも収録語彙《ごい》数が多いものだった。

目ざとい井上さんが、私の席へ興味深そうに近付いてきた。井上さんは、箱に貼ってある宅配便の伝票を見ながら言った。

「へえ、藤井さん。大学の先生相手に、どんな手を使ったの？」

「え？」

井上さんが言った言葉の真意を測りかねて、私は顔を上げた。

「いいわねー。若いって、うらやましいわー」

「……そんなんじゃ、ありません」

私は努めて穏やかに返事をした。

「あ、そっか。ちゃっかりした手口で自分の手柄を立てることは、竹口さんから教えてもらったんだ？」

「違います！」

思わず声を荒らげてしまった私と井上さんのやり取りを、編集部内の人達が、ぎょっとした表情で窺っていた。

「そんなんじゃ、ないんです……」

私は込み上げてくる涙を堪えながら首を振った。

✦

トマちゃんから、今回の採用試験もダメだったという連絡が来た。

会社の帰り、待ち合わせ場所へ行くとトマちゃんは先に来ていて、ぼんやり立っていた。けれども私に気付くと、いつもの笑顔になった。ちょっと無理をしているのかと思ったけれど、試験が終わってとにかくホッとしたようだった。

「今日は、とことん飲むから、映子ちゃん付き合って」

トマちゃんらしくない言葉に少し驚きながら、私は「いいよ」と答えた。

私達は女二人で入るにはちょうどいい、無国籍料理の小さな居酒屋で「お疲れさま」の乾杯をした。

「結果は残念だったけど、今回は面接まで進んだんだから、大収穫だったじゃないの」

「うん、まあね」

照れたようにトマちゃんは笑った。

「来年も受けるんでしょ？」

「うん。そのつもり」

トマちゃんは、まるで照れ隠しをするかのように、ごくりと喉を鳴らしながら、大袈裟な感じでビールを飲み干した。

「それを聞いて、安心した」

「安心？」

「うん。やっぱりトマちゃんだなあ、って。トマちゃんなら、絶対また来年も挑戦すると思ったから」

私はトマちゃんのように、どうしても教師になりたい、と強く思い続けることができなかった。根気も気力も能力も足りなくて、志半ばで諦めてしまった。だから本当は、こうしてトマちゃんと向かい合って、一緒にお酒を飲むことを許されるような人間ではないのかもしれない。

夢を叶えられなかった自分。その敗北感から、いつまでも抜けられない自分。いつか首を切られるかもしれないとビクビクしながら、会社へ通う毎日。嫌味な上司に神経を逆撫《さかな》でされる、契約社員。安月給で、新しい靴やテレビ番組を録画するレコーダーも買えないような、ギリギリの生活。

そして、密《ひそ》かに想いを寄せる相手は、自分とはまったく異なる世界にいる人。成就するわけがない恋愛だとわかっているのに、止められない気持ちを持て余したままの、宙ぶらりんな日々。

こんな自分のことを、いつかは許せる時が来るのだろうか。いつまでも許せないのではないだろうか。そう思うと恐くなる。

「映子ちゃん、ありがとう」

「え？」

トマちゃんからお礼を言われて、私は「何が？」と訊き返した。

「だって、他の人はみんな、うちの親も『もういいかげん、諦めたら？』みたいなことしか言わないのに、映子ちゃんだけは、いつも励ましてくれるから。だから今年も頑張れたの。本当にありがとう」

今度は私が照れ隠しをする番のようだ。私は「何言ってんのー」と笑いながら、ごくりとビールを飲んだ。

✦

十月を半分過ぎた頃、プラネタリウムの番組が完成した。

高橋君に会ったあの日以来、私は竹口さんの仕事に同行することはなかった。太田さんから、もう手伝わなくてもいいと指示されたからだ。

出来上がった番組の試写投影には、太田さんと渡辺部長が竹口さんと一緒に出かけていった。新しい番組は十月の終わり頃から、平日の学習投影で使用されるとのことだった。

井上さんの話によると、すこやか出版とデジタル・エデュケーション社の業務提携の話は白紙に戻ったらしい。

「結局うちの会社は振り回されただけで、竹口さんだけが、おいしい思いをするってことじゃないの」

お昼休み、井上さんが、主《あるじ》のいない竹口さんの席の方を見ながら舌打ちした。

竹口さんは残っていた有給休暇を消化するために、今日からしばらく休む予定になっていた。今週の朝礼で、年内いっぱいで退社すると言っていた。

多少は竹口さんとの距離が縮まったように勝手に思っていたけれど、どうやらそういうわけでもなかったらしい。会社を辞める人と、会社に残る人。職場の人間関係なんて、案外こんなものなのかもしれない。私は割り切った気持ちで、自分の席に戻った。

メールソフトを開くと、父からのメールが届いていた。まだこちらから電子辞書のお礼も出さずじまいだったので、少し気まずかった。

藤井映子様
先日は御社発行の児童書をお持ちくださり、どうもありがとうございました。おかげさまでとても助かりました。調べたい項目の箇所は読み終わりましたので、今週中にそちらへお送りいたします。
カノープスについてのコラムは、もう少々お待ちください。
安川登志彦
追伸：先日偶然知ったことなのですが、昔よく一緒に行った近所の神社は、七福神の寿老人を祀っているのだそうです。（ご存知でしたか？　もしご存知でしたら、すみません）

私は画面上にある「追伸」の文章を何度も目で辿った。
平常心を保たなければ――。そう自分に言い聞かせながら、「弊社の本は、どうぞそのまま先生がお持ちください」と事務的な内容の返事を書き始めたものの、得体の知れない何かが胸の奥から湧き上がってくる。

三階から戻ってきたばかりの太田さんが、マグカップを手にして給湯室へ向かおうとしていた。私は席を立ち、部屋を出た太田さんを追った。

「すみません」

「何?」

急に呼び止められた太田さんは、きょとんとした顔をしている。

「あの、これからちょっとだけ安川先生の研究室へ出かけても、よろしいですか? 三時半頃までには戻りますから」

父の今日の予定がどうなっているのかもわからないのに、いったい何を言っているんだろう。そう自分に呆れながら申し出た。

「おう、いいよ。じゃあついでに原稿急かしてきてよ」

「はい、わかりました」

太田さんは、いつものようないたずらっぽい顔で「いってらっしゃい」と笑った。


久々に訪れた大学構内の池は、ひっそりとしていた。

私はベンチに腰を下ろして、水面を泳ぐ鴨を見ながら、父の研究室へ向かうことを躊躇っていた。会社を飛び出してきたものの、どんな顔で、どんなことを父に言えばいいのかわからなかった。

まだ父と一緒に暮らしていた頃、散歩に出かけた神社。その神社に祀《まつ》られているのは七福神の寿老人で、その化身だと言い伝えられている星がカノープス。偶然知っただけの星の名前が、時を経てから、こんなふうに繋がるなんて……。

思わず私は空を仰いだ。

以前、八月にここに来た時には、噎せ返りそうなほどの濃い緑の葉を揺らしていた池の周りの木々は、もう紅葉が始まっている。

季節が確実に過ぎていることを告げる自然の営みを前にすると、私の躊躇いや迷いなど、ちっぽけなものなのかもしれない。そう思えてきて、ようやく決心がついた。

私は立ち上がって軽く伸びをしてから、総合文化棟三号館へ向かった。

✦

展示コーナーにいる小熊さんに「こんにちは」と声を掛けると、私に気付いた小熊さんは「やあ、よくいらっしゃいました」と迎えてくれた。

「ようやく今日、うちのプラネタリウムを観ることができますね」

「ええ。土曜日が待ち遠しかったです」

先週の金曜日、ひとりでこの科学館に来た時に、小熊さんから「今の時期ならプラネタリウムでカノープスが見られるかもしれませんよ」と教えてもらったのだ。その金曜日も、前に竹口さんと来た時も平日だったので、学習投影のみで一般投影をやっておらず、私はまだ一度もここのプラネタリウムを観ていなかった。

「それにしても、前もって念入りに下見をしてからのプラネタリウムなんて、随分気合の入ったデートですねえ」

「いいえ、そんなんじゃ、ありません」

「そうですか？　でも藤井さんにとって、とっても大切な人なんでしょう？」

私は「さあ、どうでしょうか」と曖昧な返事をした。

科学館の入口に立っていると、約束の十分前に父が現れた。紺色の背広にベージュのスラックス、レジメンタルストライプのネクタイに黒の革靴。二度目の打ち合わせで研究室を訪ねた日——井上さんのせいでコーヒーを飲みそびれた、あの日——と同じ服装をしていた。

「こんにちは」

「こんにちは」

私達は相変わらずの、ぎこちない挨拶を交わした。

土曜日の科学館は、展示コーナーもプラネタリウムも人が多かった。私達のすぐ目の前を、手を繋いだ若い父親と小学生くらいの娘が通り過ぎていった。父も私も、その様子を黙って見送ることしか術《すべ》がなかった。

私は小熊さんのアドバイスに従って、投影機よりも後ろの席に父を案内した。

父と並んで座るのが何だか気恥ずかしくて、投影が始まるまでの間、堪えきれずに「お手洗いに行ってきます」と尿意もないのに席を立った。

席へ戻る途中、リクライニングシートの椅子から、父の頭のてっぺんがはみ出ているのが見えた。同級生達の父親に比べれば、白髪こそあるものの髪の毛はまだ豊富で、歳《とし》の割には若い方なのかもしれない。

それでも、私の知っていた昔の若かった時の父とは違って、やっぱり歳を取ったと思う。

そして父から見れば、私も昔のような子供ではないはずだ。

「先生は、お手洗い、大丈夫ですか？」

席へ戻った私は、父に向かってそう訊ねた。

「大丈夫です」

開始のブザーが鳴り、館内が暗くなった。


番組の前半は解説員による秋の星座の生解説で、メインの番組は科学館が自主制作したアンドロメダ銀河と銀河系の話だった。

それが終了すると、再び解説員の声がドーム内に響いた。

「本日、十月三十日午前四時の、東京の南の空を見てみましょう。地平線すれすれの所に、赤く輝く星が見えますね？　みなさん、見つけられましたか？　見つけられた人は、座席の横にあるレスポンスアナライザーのボタンを押してください」

どうやら父はボタンを押しているようだった。私はボタンを押しながら、そっと呼吸を整えた。自分の心臓が震えているのがわかる。

「この星は、りゅうこつ座という星座の中の、カノープスという名前の星です。実はこのカノープス、全天で一番明るい冬の星のシリウスに次いで、二番目に明るい星なんです。でもこのように地平線すれすれの見えるか見えないか、というくらいまでしか上らないので、そんなに明るくは見えません。このカノープス、中国では『南極老人星』と呼ばれているそうです。南極老人星は七福神の中の長寿を司《つかさど》る神様、寿老人の化身だという説があります。なので昔から、カノープスを見ると長生きができるとも言われています」

私はジャケットのポケットに左手を入れた。

指先に触れる「無病息災」のお守り。父と私の間にある、これまでの十四年間の空白は決して消えることはない。それでも、この星を一緒に見ることができたのならば、きっとこれからの私達は変わっていける。

「お父さん」

私は、再会して以来、ずっと言い出せなかった父の呼び名を初めて口にした。

「お父さん、長生きしてください」

私は南の空を見つめたまま一気に言った。少しの間を置いた後、隣から「はい」と短い返事が聞こえた。

「さあ、そろそろ夜明けを迎えます」

解説員がそう告げると、東の空が白み始めてドーム全体が少しずつ明るくなっていった。父の横顔をそっと盗み見る。こめかみの辺りの白髪が、薄闇に浮き上がるように目立っていた。

やがて投影が終わり、館内の照明が戻った。父と私は、しばらく席から立ち上がらず、すっかり明るくなったドームをそのまま見上げていた。

解説

渡部潤一
（天文学者）

よく晴れた夜、街明かりを離れて星空を見渡してみてほしい。天の川の見えるような星空に恵まれれば、そこには数千もの星たちが輝いているはずだ。そして、よく眺めていると、そのひとつひとつが微妙に違っていることがわかるだろう。明るさも、色も、瞬《またた》き方も、そして動き方さえもみな違っている。オリオン座の星たちは東の地平線に現れたと思うと、ほぼまっすぐに上ってくる。もっと南にみえる星たち、たとえばさそり座などの星たちは南東の地平線に現れてからも、ぐずぐずと高く上らずに南の地平線に沿って動いていく。その動きは、オリオン座に比べると、なんだか重いように思える。

そんな重い動きの星の代表格が、本書のタイトルになっているカノープスである。りゅうこつ座という星座に属する一等星で、全天で二番目に明るい。日本のような北半球中緯度から見ると、南の地平線近くに現れることになり、特に北緯37度よりも北の地域では地平線の上から上ることが無く、原理的に見ることができない。東京では見えるのだが、それでも地平線から高く上がることはなく、その高度も最大で約2度である。これは、ちょうど満月の4個分の高さゆえ、地平線までよく晴れた夜、しかも南中する前後しか見ることができないという、とても珍しい星である。見えたとしても、南の地平線に沿って這うような動きとなる。さらには、もともと青白い星だが、地平線に近いために、激しく瞬き、そして夕日が赤く見えるのと同じ原理で真っ赤な星として見える。中国でも事情は同じだが、赤は中国ではおめでたい色ということで、古くから天下国家の安泰をもたらす吉瑞《きちずい》とされ、南極老人星あるいは南極寿星という名前でとても大事にされていた。周の時代には寿星祠《じゅせいし》や寿《じゅ》星壇《せいだん》が設けられ、日本でも平安時代には老人星祭が行われており、小説の中でも紹介されているように、この星が見えたことがひとつのきっかけとなって改元された例さえもある。

いずれにしろ、とても希《まれ》にしか見えない星に、人間は限りなくロマンを感じるようで、カノープスは日本全国の天文ファンの人気の的である。カノープスを見られる北限競争が行われたり（山形の月山《がっさん》が現在の最北記録）、信州では木崎湖《きざきこ》の上にカノープスが現れる「龍燈伝説《りゅうとう》」を追って、5年以上にわたって木崎湖に通い、実証した人が居るほどだ。実は、私自身もカノープスファンである。私の生まれ故郷の会津では見ることができなかったため、長い間憧れの的だった。上京してからも幾度となく挑戦してきたが、好きが高じて、自宅をカノープスが見える南側が見晴らしのよい武蔵野の高台に建てるに至ったほどである。ただ、地方によっては、カノープスには不吉な言い伝えも残されている。例えば房総半島の「布良《めら》星」伝説。布良は房総半島突端の漁村の名前で、かつてこの村の漁船がしけにあって行方不明になり、その魂が星になって海上に現れる、と伝えられている。そのため、この星が見えると暴風雨の前兆とされていた。奈良や大和地方では「源助星《げんすけぼし》」「源五郎星」などと呼び、これも悪天候の前兆とされている。高度が低いまま、地平線を這うようにして、すぐに沈んでしまう様子から、その動きが怠け者に見えるので、瀬戸内地方では「横着星」、小豆島では「無精星」、淡路島では「道楽星」などとも呼ばれていた。

穂高明は、このようなカノープスの様々な特徴を、ひとつのモチーフにして、実に見事に文学へと昇華させている。そもそも導入部からして、すでに重い。物語がすっと明るく立ち上がっていくのではなく、重苦しい雰囲気でのろのろと這うように展開していくのは、まさにカノープスが現れてから、南の地平線を這うように動く様子そのものだ。出版社に契約社員として勤務する主人公・映子には、なにか明るい希望の光が見えているわけではない。両親の離婚、実家の火事、成就どころか、自ら言い出せない恋愛感情、そして教師への夢の断念といったマイナスの事象が物語の中で語られる様子は、カノープスが激しく瞬く様子そのものでもある。

そんな中、偶然にも歴史物の出版企画で、両親の離婚以来会ったことがなかった父に出会う機会を得る。ほとんど同時に昔から憧れだった先輩に出会う機会を得る。それぞれの人生が交錯しながらも、特に劇的に発展していくわけではない。発展して欲しいと思いつつも、一歩を踏み出せない様子に、やはり地平線から劇的に高く上るわけではないカノープスが暗喩として使われている、といってもよいかもしれない。恋愛感情のやるせなさ、自分自身への情けなさ、そういうもやもやした、はっきりしない状態こそ、映子にとってのカノープスそのものなのだ。

明確な方向が定まらないまま、穂高は後半で実際のカノープスを登場させている。

父との間で進む歴史企画の中で、この星を登場させ、それが父と娘を結びつけていく絆になっていく。星について明るくない主人公は、いささか変人として描かれる天文ファンの同僚から、様々なヒントを得て、この星の情報を父との企画に取り入れていくのだ。もともとが企画そのものに関われないような立場であった契約社員としては、明るい兆しとして描かれている。そして、最終場面で、父娘はついにプラネタリウムに一緒に向かう。普通に何事も無ければ、かつて幼い頃に共にしたであろう、父と娘の関係へと戻るのだ。それがとても長い歳月を経てのことゆえ、なおさらに重い情景だ。ただ重いながらも、どこか明るい兆しが差して来つつある。カノープスは寿星であり、みれば長寿が叶うという伝説から、主人公の映子は、再会以来、ずっと言い出せなかった言葉を口にするのだ。「お父さん、長生きしてください」と。完全に明るく展開させることはなくとも、地に足がついた明るさを持たせて終わらせるあたりが、穂高明の作品の真髄だろう。おそらく、この作家は自らも似たような経験を経た上で、それらを想像力という触媒を介して、豊かな文学へと昇華させているのだろう。

本作品のためにカノープスを選び出したのは成功である。なにしろ、ちなみに西洋名のカノープス（Ｃａｎｏｐｕｓ）というのは、もともとギリシア語で、トロヤ戦争の時の人物の名前で軍艦の水先案内人であった。見えない、作品後の物語がカノープスの導きで、明るく展開していくことを予感させる。夜空に輝く星々にも、それぞれ個性的な一面があるように、穂高明が次にどのような人生を取り上げ、どのような物語を紡ぎ出し、文学へと昇華させていくのか、今後が楽しみである。

単行本　二〇一三年八月刊

引用　三浦哲郎「盆土産」（『冬の雁』より）文春文庫

参考文献　野尻抱影『日本星名辞典』東京堂出版
Dai-X出版編集部編『なりたい!!プラネタリアン』Dai-X出版
「星ナビ」二〇〇五年二月号　アストロアーツ
読売新聞　二〇〇九年七月十六日　朝刊

実業之日本社文庫　好評既刊

碧野圭
情事の終わり
42歳のワーキングマザー編集者と7歳年下の営業マン。ふたりの〝情事〟を『書店ガール』の著者が鮮烈に描く。職場恋愛小説に傑作誕生！（解説・宮下奈都）
あ５３

碧野圭
全部抱きしめて
ダブル不倫の果てに離婚した女の前に7歳年下の元恋人が現れて……。大ヒット『書店ガール』の著者が放つ新境地。〝究極の〟不倫小説！（解説・小手鞠るい）
あ５４

碧野圭
辞めない理由
あきらめない、編集の仕事が好きだから……大ヒット『書店ガール』著者がすべての働く女性へ贈る、痛快お仕事エンターテインメント！（解説・大森望）
あ５５

朝比奈あすか
闘う女
望まぬ配属、予期せぬ妊娠、離婚……変転の人生を送ったロスジェネ世代キャリア女性の20年を描く。要注目の新鋭が放つ傑作長編！（解説・柳瀬博一）
あ７１

あさのあつこ
花や咲く咲く
「うちらは、非国民やろか」――太平洋戦争下に咲き続けた少女たちの青春と運命をみずみずしい筆致で描いた、まったく新しい戦争文学。（解説・青木千恵）
あ12１

池井戸潤
空飛ぶタイヤ
正義は我にありだ――名門巨大企業に立ち向かう弱小会社社長の熱き闘い。『下町ロケット』の原点といえる感動巨編！（解説・村上貴史）
い11１

実業之日本社文庫　好評既刊

窪 美澄／瀧羽麻子／吉野万理子／加藤千恵／彩瀬まる／柚木麻子
あのころの、
あのころ特有の夢、とまどい、そして別れ……。要注目の女性作家6名が女子高校生の心模様を鮮烈に紡ぎ出す、文庫オリジナルアンソロジー。

く21

坂井希久子
恋するあずさ号
特急列車に運ばれて、信州・高遠へ。仕事も恋も中途半端な女性が、新しい自分に気づいていく姿を瑞々しく描く青春・恋愛小説。（解説・藤田香織）
さ22

桜木紫乃
星々たち
昭和から平成へ移りゆく時代、北の大地をさすらう女の数奇な性と生を研ぎ澄まされた筆致で炙り出す。桜木ワールドの魅力を凝縮した傑作！（解説・松田哲夫）
さ51

瀧羽麻子
はれのち、ブーケ
仕事、恋愛、結婚、出産――30歳。ゼミ仲間の結婚式に集った6人の男女それぞれが抱える思いとは。注目の作家が描く青春小説の傑作！（解説・吉田伸子）
た41

瀧羽麻子
ぱりぱり
色とりどりの言葉が、世界に小さな奇跡をおこす――家族、教師、同級生。詩人・すみれとかかわった人々が見つける6つの幸せの物語。（解説・大矢博子）
た42

平 安寿子
こんなわたしで、ごめんなさい
婚活に悩むOL、対人恐怖症の美女、男性不信の巨乳……人生にあがく女たちの悲喜交々をシニカルに描いた名手の傑作コメディ7編。（解説・中江有里）
た81

実業之日本社文庫　好評既刊

平 安寿子
愛にもいろいろありまして
王道からちょっぴりずれた〝愛〟の形をユーモラスに描く傑作短編集。「モテない…」「ふられた！」悩めるあなたに贈ります。あきらめないで、読んでみて！

た82

千早 茜
桜の首飾り
あの人と一緒に桜が見たい――気鋭作家が贈る、桜の季節に人と人の心が繋がる一瞬を鮮やかに切り取った、感動の短編集。（解説・藤田宜永）
ち21

西川美和
映画にまつわるXについて
『ゆれる』『夢売るふたり』の気鋭監督が、映画制作秘話や、影響を受けた作品、出会った人のことなど鋭い観察眼で描く。初エッセイ集。（解説・寄藤文平）
に41

新津きよみ
夫以外
亡夫の甥に心ときめく未亡人。趣味の男友達が原因で離婚されたシングルマザー。大人世代の女が過ごす日常に、あざやかな逆転が生じるミステリー全6編。

に51

原田マハ
星がひとつほしいとの祈り
時代がどんな暗雲におおわれようとも、あなたという星は輝きつづける――注目の著者が静かな筆致で女性たちの人生を描く、感動の7話。（解説・藤田香織）
は41

原田マハ
総理の夫　First Gentleman
20××年、史上初女性・最年少総理となった相馬凛子。夫・日和に見守られながら、混迷の日本の改革に挑む。痛快&感動の政界エンタメ。（解説・安倍昭恵）
は42

実業之日本社文庫　好評既刊

実業之日本社文庫 ほ31

夜《よ》明《あ》けのカノープス

2017年10月15日　初版第1刷発行

著　者　穂高《ほだか》 明《あきら》

発行者　岩野裕一
発行所　株式会社実業之日本社
〒153-0044　東京都目黒区大橋1-5-1
クロスエアタワー8階
電話［編集］03(6809)0473［販売］03(6809)0495
ホームページ　http://www.j-n.co.jp/
印刷所　大日本印刷株式会社
製本所　大日本印刷株式会社

フォーマットデザイン　鈴木正道（Suzuki Design）

ISBN978-4-408-55389-4（第二文芸）